환상의 빛

MABOROSHI NO HIKARI and other stories
by MIYAMOTO Teru

Originally published in Japan by SHINCHOSHA Publishing Co., Ltd.
Korean translation rights arranged with MIYAMOTO Teru, Japan
through THE SAKAI AGENCY and SHINWON AGENCY.

환상의 빛

幻の光

미야모토 테루 지음 | 송태욱 옮김

바다출판사

차례

환상의 빛

어제, 저는 서른두 살이 되었습니다. 효고 현 아마가사키에서 이곳 오쿠노토의 소소기라는 해변 마을로 시집 온 지 만 삼 년이 되었으니 당신과 사별한 지도 그럭저럭 칠 년이나 되었네요.

이렇게 이층 창가에 앉아 따스한 봄볕을 쬐면서 잔잔한 바다와 일하러 나가는 그 사람 차가 꼬불꼬불 구부러진 해안도로를 콩알만 하게 멀어져가는 것을 보고 있으면, 어쩐지 몸이 다시 꽃봉오리로 돌아가는 것처럼 삐걱삐걱 오그라드는 것 같습니다.

자, 보세요, 이 근방에서는 좀처럼 보기 드문, 초록색으로 널찍하게 펼쳐진 바다에 한 덩어리가 되어 반짝반짝 빛나는 부분이 있지요. 커다란 물고기 떼가 바다 밑바닥에서 솟아올라 파도 사이로 등지느러미를 드러내고 있는 것 같지만, 그건 사실 아무것도 아닌 그저 작은 파도가 모인 것에 지나지 않답니다. 눈에는 비치지 않지만 때때로 저렇게 해면에서 빛이 날뛰는 때가 있는데, 잔물결의 일부분만을 일제히 비추는 거랍니다. 그래서 멀리 있는 사람의 마음을 속인다, 고 아버님이 가르쳐주었습니다. 대체 사람의 어떤 마음을 속이는지는 확실히 모르지만, 그러고 보면 저도 어쩌다 그 빛나는 잔물결을 넋을 잃고 바라볼 때가 있습니다. 풍어豊漁 같은 걸 해본 적이 없는 이 근방 어부 나부랭이들의 흐리멍덩한 눈에 한순간 꿈을 꾸게 하는 불온한 잔물결이라고, 아버님은 말하고 싶었는지도 모릅니다. 그래도 그 이야기를 들었을 때 저에게는 좀 다른 의미가 있는 듯했습니다. 그냥 그런 기분이 들었다는 것일 뿐, 그게 대체 어떤 것인지 저로서는 알 수가 없습니다.

소소기는 일 년 내내 해명海鳴이 울어대는 가난한 마을입니다. 겨울에는 일본해로부터 불어오는 바람이 강해서, 세차게 흩날리는 눈조차 멀리 날려버립니다. 바닷물이 눈이나 공기보다 더 따뜻해서이기도 하지만, 역시 그 대부분은 쌓일 새도 없이 바람에 날아가 버리는 탓이라고 합니다. 그래서 아무리 눈이 많이 내리는 해에도 해안가에는 군데군데 쌓이는 눈이 고작입니다. 얼어붙은 바람과 함께 사나워진 파도소리와 물보라만이, 눅눅하고 시꺼먼 먼지처럼 피어오릅니다.

이웃의 지붕 너머로 보이는 것이지만, 마을 서쪽을 흐르는 마치노 강이 소소기 항으로 흘러드는 그 부근만이 이 해안가에서는 그래도 모래사장다운 곳입니다. 나머지는 설령 얕은 여울이라고 해도 바위투성이여서 해수욕에는 그다지 적합하지 않습니다. 그런 바다가 서쪽 끝의 사루야마 등대 주변에서 동쪽 끝의 노로시 등대 부근까지 들쭉날쭉한 선을 그리며 이어집니다. 여기저기에 있는 어항漁港도 지금은 이름뿐이어서 고기를 잡으러 나가는 배도 거의 없습니다. 이곳 소소기 항에도 두세 척의 조그만 어선이, 배 이름도 거지반 지워진 채 모래사장에 방치되어 있습니다. 익숙지 않은 사람은, 가령 그 소리를 듣고 싶어서 일부러 이곳까지 찾아온 관광객조차 결국 '아, 시끄러워' 하는 소리를 내고 말 정도의 파도 소리여서 밤중에도 잠을 깨고 맙니다. 그러던 것이 오늘은 어쩐 일인지 파도도 바람도 뚝 그쳐 모든 것이 따뜻하고 아름답게 빛나고 있습니다. 때때로 지나치는 자동차 소리나 이웃집에서 빨래를 너는 소리 이외에는 아무 소리도 들려오지 않습니다.

이런 날씨는 좀처럼 드물기 때문에 이불이나 방석도 널어야 하고 그것 말고도 할 일이 잔뜩 있기 마련인데도 이런 날은 으레 몸이 나른해져서 아무것도 할 마음이 일지 않습니다. 비 그친 선로 위를 구부정한 등으로 걸어가는 당신의 뒷모습이 뿌리쳐도, 뿌리쳐도 마음 한구석에서 떠오릅니다. 유이치를 데리고 이곳 세키구치 다미오의 집으로 시집 와 일 년이 지나고 이 년이 지나도 저는 당신이 죽은 그날부터 저도 모르는 사이에 계속해온 마음속의 혼잣말을 도저히 그만둘 수가 없습니다. 와지마에서 오는 버스가 소소기에 멈추더니 거기에서 이미 죽었을 당신이 내리고, 그 모습을 본 유이치가 숨을 헐떡이며 달려와 저에게 알려줍니다. 그 순간 저는 가슴이 확 뜨거워져서 왠지 모르지만 온몸을 부들부들 떨면서 버스 정류장으로 가는 길을 후들거리며 달려갑니다. 그런 어이없는 꿈같은 정경을 상상하면서 무심코 입술을 조그맣게 움직이고 있는 자신을 들키지 않으려고 주위를 살핀 적이 한두 번이 아닙니다.

이 근방에서는 한창 일할 사람은 모두 도회지로 나갑니다. 고기만 잡아서는 살아갈 수 없는 곳이고, 코딱지만 한 논에

벼농사를 짓는다고 해도 그것으로 일 년 생활비를 벌 수 있는 것도 아니기 때문입니다. 운이 좋아 도회지 가까이에 있는 시골 관공서나 우체국 같은 곳에서 일하게 된 사람은 아주 드물고, 그 외에는 지역에 일할 만한 곳이 거의 없으니 남자든 여자든 중학교나 고등학교를 졸업하면 취직하러 먼 곳으로 떠나는 것입니다. 젊은 사람만 그러는 게 아닙니다. 마흔, 쉰이 된 남자들조차 가족을 남겨둔 채 도쿄나 오사카로 일하러 나갑니다. 그런 사람들에 비하면 그래도 우리 집 식구들은 형편이 나은 편입니다. 다미오 씨는 와지마의 커다란 관광여관에서 요리사로 일하고 있고, 집에서는 봄이나 여름 시즌에만 이층의 두 방, 일층의 한 방에 민박 손님을 받고 있는데 그 일은 제가 꾸려가고 있습니다. 다미오 씨는 차분하고 부드러운 성격의 사람이고, 전 부인과의 사이에서 태어난 도모코도 저를 잘 따릅니다. 그런데도 여전히 저는 아내와 젖먹이를 버리고 멋대로 죽어버린 당신에게 이렇게 아무도 모르게 말을 걸고는 합니다.

꽤 오래전, 그러니까 우리 두 사람이 아직 스무 살이 될까 말까 할 무렵, 저의 눈 밑에 깔려 있는 주근깨를 보면서 당신이, 어딘가 다른 곳을 보고 있는 듯한 그 특유의 시선으로 이렇게 말한 적이 있습니다. "유미코, 다른 데도 또 주근깨를 엄청 숨기고 있지?"

그것은 어린 시절부터 친하게 지냈던 당신이 처음으로 입에 담은, 저에 대한 뭔가 수상한 말이었습니다. 저는 그 순간 명치 부근이 찡하니 아려와 부끄러운 몸짓으로 웃었을 뿐이었습니다. 그때는 그 말의 의미를 알았다고 생각했는데, 아무런 이유도 없이 자살해버린 당신을 생각할 때마다 그것은 여자의 몸에 관한 것이 아니었다는 걸 깨닫게 되었습니다. 사실은 귀찮아 견딜 수 없었는데도 당신의 손가락에 맞추어가는 중에 그런 기분이 되어가는 저 자신의 여성스러운 부분을, 아직 결혼하기 전부터 알아맞혔다고 저는 믿고 있었습니다. 그 주근깨의 의미도 생각하면 할수록 복잡해져 저는 당신이 자살한 이유를 점점 더 알 수 없게 됩니다.

새로운 남편과 그럭저럭 평화롭게 살아가고 있으면서, 죽어버린 전 남편에게 이렇게 열심히 말을 걸고 있는 자신을 참 불쾌한 여자라고 생각한 적도 있습니다. 그렇지만 그것도 습관 같은 것이 되어버리면 어느새 죽은 당신에게가 아니라, 그렇다고 자신의 마음에도 아닌, 뭔가 정체를 알 수 없는 가깝고 정겨운 사람에게 이야기를 하는 듯해서 그만 황홀해질 때가 있습니다. 가깝고 정겨운 그 사람이 대체 누구일까, 저에게는 이것저것 다 알 수 없는 것들뿐입니다. 당신은 왜 그날 밤 치일 줄 뻔히 알면서 한신阪神 전차 철로 위를 터벅터벅 걸어갔을까요…….

당신이 죽기 열흘쯤 전에 자전거를 도둑맞은 일이 있었습니다. 직장인 나사 제조 공장은 버스로 두 정거장가량 떨어진 곳이라 걸어가기에는 멀고 그렇다고 버스를 타기에는 좀 아깝다며 다소 무리해서 산 자전거였습니다. 그 무렵에는 왜 그렇게 돈이 필요한 일들만 이어졌을까요. 유이치가 태어난 지 세 달이 되었을 때로, 출산 비용이라든가 그 뒤의 자질구레한 비용이 겹쳐서 저금해둔 돈도 거지반 없어졌습니다. 나사 제조 공장이라고 해도 하청의 하청으로, 급료도 한심할 정도로 적었습니다.

"젠장, 도둑맞았으니 나도 훔치지 뭐."

당신은 그 이튿날인 일요일, 휙 나가더니 저녁 무렵에는 정말 훔친 자전거를 타고 돌아왔습니다.

"이왕 훔칠 바엔 부자 것을 훔쳐야 할 것 같아서 고시엔까지 걸어갔어."

저도 그렇게 나쁜 일을 하고 있다는 기분이 안 들었기 때문

에,

"당신, 이 일에 맛 들여서 진짜 도둑이 되면 안 돼요."

하고 웃으며 말했을 정도였습니다. 유이치에게 젖을 물리고 있는 제 옆에 벌렁 드러누워서 당신은 오랫동안 천장을 가만히 노려보았습니다. 스물다섯 살치고는 늙었다는 느낌이 야윈 볼 언저리에 떠올랐는데, 그것이 어렸을 때부터 조금도 변하지 않은, 붉은 빛이 도는 입술을 더욱 빨갛게 보이게 했습니다. 저는 어쩐지 불안해져서,

"자전거, 다른 색으로 칠해서 알아볼 수 없게 해놓아야 하지 않아요? 그러다가 주인한테 들키기라도 하면 큰일이잖아요"

하고 말했습니다. 겨울의 미적지근한 석양이 비좁은 부엌 창문으로 들어왔습니다. 올 여름은 무슨 일이 있어도 유이치를 위해 에어컨을 사지 않으면 안 되는데, 방이 작으니까 아주 조그마한 걸 사도 되겠지, 하고 멍하니 생각하면서 아파트 계단을 오르락내리락하는 누군가의 슬리퍼 소리를 듣고 있었습니다.

"거래처인 기계업체에 스모 선수가 들어왔어."

"어머, 스모 선수가요?"

"스모 선수라고는 해도, 가망이 없어서 그만두고 기계업체의 트럭 조수로 들어왔다나 봐. 벌써 서른이 넘었을 거야. 아직도 상투를 틀고 있는데, 열여덟인가 아홉 살짜리 어린 운전수가 턱을 까딱까딱 하면서 부려. 난 말이야, 그 상투를 보고 있으면 왠지 안됐다는 마음에 견딜 수가 없더라고."

"으음, 왜요?"

"……왜 그런지는 모르겠어. 그런 상투를 왜 잘라버리지 않을까?"

"여보, 고시엔까지 진짜 걸어서 갔어요?"

당신은 몸을 뒤치더니 다다미에 배를 깔고 곁눈질로 유이치를 보면서,

"그 상투를 보고 있으면 왠지 힘이 빠지거든."

하며 웃었습니다.

"아앗, 또 사팔뜨기가 됐어요."

뭔가를 곁눈질로 가만히 보고 난 다음에는 때때로 당신의 왼쪽 눈이 바깥으로 쏠리는 일이 있었습니다. 일시적으로 사팔눈이 되어버리는데 그때의 왼쪽 눈은 뜨끔할 정도로 바깥쪽을 향하고 있어서 저는 무심코 큰 소리로 그렇게 말했던 것입니다.

당신은 서둘러 눈을 비비면서 기분이 언짢다는 듯 등을 돌려버렸습니다. 한참을 그렇게 손등으로 왼쪽 눈을 비볐습니다.

"난 중학교밖에 안 나왔고 주변머리도 없어서 평생 부자가 되기는 글렀어."

고시엔의 한적한 주택가에서 훔쳐온 자전거를 타고 이곳 아마가사키의 뒷골목으로 돌아왔으니까, 아마 기가 죽어서 그러는 걸 거라고 저는 생각했습니다.

"그래도 어렸을 때와 비교하면 전 결혼하고 나서 훨씬 더 행복해졌어요."

그렇게 말했더니 당신은 천천히 이쪽으로 돌아누우면서, "아, ……그런가." 했습니다. 빨갛게 충혈된 왼쪽 눈은 아까보다 더 바깥쪽으로 쏠려서 마치 당신이 아닌 다른 사람의 얼굴 같았습니다. 여느 때 같으면 금세 원래대로 돌아오는데 어쩐 일인지 그날은 아무리 비벼도 사팔눈은 고쳐지지 않았습니다.

잠이 든 유이치를 아기침대로 옮기고 저는 당신을 덮치듯이 그 왼쪽 눈을 손바닥으로 누르면서 둥글게 문질렀습니다.

"때가 되면 괜찮아지겠지. 너무 문지르면 아프잖아. ……

눈동자를 움직이는 근육에 가끔 쥐가 나거든."

"그럼 아프죠? 눈 안쪽이 아파요?"

"뭔가 묵직해지긴 해도 그렇게 아프지는 않아. 그냥 내버려두는 게 나을 거야."

당신이 말한 대로 삼십 분도 안 되어 원래대로 돌아왔지만 조금 전의, 당신이면서도 당신이 아닌 다른 얼굴이 언제까지고 마음에 강렬한 인상으로 남아 사라지지 않았습니다. 때때로 그렇게 이상한 발작을 일으키는 눈이 사실은 당신의 본성일 거라고, 왜 그때는 그런 생각을 하지 못했을까요. 그러고 나서 열흘 후에 갑자기 자살해버릴 낌새를, 왜 저는 바깥으로 쏠린 왼쪽 눈에서 알아채지 못했을까요…….

그날은 아침부터 비가 내렸습니다. 비는 저녁 일곱시 무렵에나 그쳤고 저는 방 안에 널어둔 빨래 중에서 유이치의 기저귀만 남기고 나머지는 모두 창문 밖에 널었습니다. 창문 아래 거리에는 세 채의 러브호텔이 줄지어 있었는데, 빨갛고 파란 네온사인이 뒤섞여 주변에 거무칙칙한 자주색 빛을 흩뿌리고 있었습니다. 비 개인 밤은 그 자주색 빛이 더욱 강해져 우리 방 안까지 기분 나쁜 색으로 물들이고는 했습니다.

당신은 열한시가 넘도록 돌아오지 않았습니다. 그런 일은 아주 드문 일이었는데, 저는 어쩐지 가슴이 두근거리고 진정할 수가 없었습니다. 칭얼거리는 유이치를 제 이불에 재워놓고 잠깐 옆에 눕는다는 게 전깃불을 켜놓은 채 깜박 잠이 들었습니다. 문을 두드리는 소리에 깜짝 놀라 시계를 보니 벌써 세 시였습니다. 당신이 돌아온 거구나, 하면서 문을 열었더니 아파트 관리인이 경찰관과 함께 서 있었습니다. "남편은요?" 하고 관리인이 묻기에 저는 "아직 돌아오지 않았는데요." 하고 대답했습니다. 그렇게 대답한 순간 허리 부근에 싸하게 냉기가 돌았습니다. 무슨 일이 일어났구나, 당신 신상에 무슨 일이 일어났구나, 하는 느낌이 들었습니다. 정말 이 세상에서 그렇게 무섭게 가슴이 두근거리는 일은 다시는 없을 겁니다.

경찰관은 조그만 소리로 말했습니다.

"전차에 치인 남자가 있습니다. 혹시 확인해주실 수 있겠습니까?"

"네? 제 남편인가요?"

이렇게 물으면서, 아아, 그 사람은 틀림없이 남편일 거야, 남편은 전차에 치여 죽어버린 거야, 하고 소름이 끼칠 정도의 확신이 들어 혀가 꼬부라지는 것 같았습니다.

"어쨌든 사체가 처참해서 얼굴로 알아볼 수는 없습니다만 옷이나 구두, 자질구레한 소지품 같은 걸로 확인해주셨으면 합니다."

유이치를 관리인 부부에게 맡기고 저는 아파트 현관에 세워진 순찰차에 올라탔습니다. 차 안에서 경찰관은 설명해주었습니다. 바지 조각에 봉투 같은 종잇조각이 붙어 있었는데 거기에 오카지마 나사 제작소라는 회사명이 인쇄되어 있었다고 합니다.

"오카지마 나사 제작소의 사원 세 사람 가운데 귀가하지 않은 사람은 댁의 남편밖에 없습니다. 그 종잇조각을 찾느라 선로를 따라 세 시간이나 돌아다녔습니다."

구두 한 짝과 아파트 열쇠만이 유류품이었는데 그 두 가지는 당신 것이 틀림없었습니다. 사체는 더 이상 복원할 수 없을 정도로 흩어져 있어서 저에게는 보여주지 않았습니다. 이튿날 아침 발가락이 발견되어 그 지문으로 사체가 당신이라는 것이 확인되었습니다.

현장은 구이세와 다이모쓰 사이였는데, 전차를 운전한 사람의 말로는, 당신은 선로 한가운데를 전차가 진행하는 방향으로 걷고 있었다고 합니다. 느슨한 커브여서 사람의 모습이 조명등 안으로 들어왔을 때는 이미 어떻게 해볼 도리가 없는 거리였답니다. 경적 소리에도, 엄청난 브레이크 소리에도 돌아보지 않고 당신은 치이는 순간까지 똑바로 걷고 있었다고 합니다. 서 있던 승객 여섯 명 정도가 급정차로 튕겨나가 부상을 입었답니다.

자살이라고밖에 생각할 수 없었습니다. 신문에도 조그맣게 그렇게 보도되었는데 저는 도저히 납득할 수가 없었습니다. 당신이 자살할 만한 어떤 이유도 짐작할 수 없었습니다. 경찰 측에서도 여러모로 조사를 했습니다만 아무런 동기도 발견하지 못했습니다. 사체에서는 약물도 알코올도 검출되지 않았습니다. 몸도 건강하고, 술도 마시지 않고, 도박도 하지 않고, 그 밖에 여자관계도 없고, 죽지 않으면 안 될 정도의 빚도 없고, 그렇기는커녕 첫 아이가 태어난 지 세 달밖에 되지 않아 남자로서는 기운이 넘칠 시기였습니다. 경찰관도 머리를 갸웃거릴 정도로 죽을 만한 이유 같은 건 무엇 하나 발견되지 않았습니다.

그때 감쪽같이 정신이 나간 것이 아니었을까, 하고 저는 당신이 죽고 나서의 그 며칠간을 떠올릴 때마다 생각합니다. 여우한테 홀린 것 같은, 여럿이서 누군가에게 속은 듯한, 그런 멍한 마음속에 흐느끼지도 울부짖지도 못한 채 오직 컴컴한

땅속에 가라앉아 있는 또 하나의 마음이 있었습니다. 옆에서 울고 있는 유이치를 내버려둔 채 멍하니 다다미를 쳐다보고 있는 모습이 걱정되었는지, 관리인 부부가 하루 종일 저를 지켜봐 주었습니다. 남편의 뒤를 따라 가스관이라도 물지 않을까 걱정하는 것이라고, 저는 마치 남의 일처럼 생각했습니다. 그때의 저는 유이치를 데리고 죽어버릴까, 하고 생각한 것도 아니었고 그렇다고 앞으로 어떻게 살아갈까, 하는 생각을 한 것도 아니었습니다. 저의 마음속에 있는 또 하나의 마음에, 비 그친 선로 위를 터벅터벅 걷고 있는 당신의 뒷모습이 이제 또렷이 비쳤습니다. 하늘색 와이셔츠 위에 회색 블레이저코트를 입고 약간 등을 구부린 특유의 모습으로 혼자 묵묵히 이슥한 밤의 선로 위를 걷고 있는 당신의 뒤를 좇으면서 저는 열심히 그 마음속을 알려고 기를 썼습니다.

그런 날이 며칠이나 계속되었을까요. 그러다가 제 앞을 걷고 있는 당신이 앞쪽에서 불어오는 찬바람에 머리카락을 날리면서 가끔씩 멈춰 서서 돌아보게 되었습니다. 어둠 속에서 저를 보고 있는 당신은 자전거를 훔쳐 돌아온 날 밤의 그 사팔눈이 된 다른 얼굴이었습니다. 저는 그 얼굴을 보면 그냥 무턱대고 슬퍼지고 그 자리에 못이라도 박힌 듯이 움직일 수 없게 되어, 작아지며 멀어져가는 당신을 가만히 바라보고만 있었습니다.

"스물다섯인가, ……젊은 과부네."

어머니도 동생 겐지도 올 때마다 그렇게 말하며 한숨을 지었습니다. 저는 두 달 정도를 아무것도 하지 않고 보냈습니다. 신문의 구인 광고에서 마침 아파트 앞의 러브호텔에서 안내 겸 청소부를 모집하고 있다는 걸 보고 면접을 보러 갔습니다. 동생네서 신세를 지고 있던 어머니가 제 아파트로 옮겨와 유이치를 돌봐 주기로 했습니다. 마음이 내키지 않는 일이었지만 그곳이라면 일이 한가할 때 간간이 집에 들를 수도 있고 또 가끔 팁을 주는 손님도 있어서 수입도 꽤 괜찮다는 말을 들었기 때문입니다.

당신을 처음으로 알게 된 것은, 초등학교 6학년 때였으니까 쇼와 32년(1957)이겠네요. 그해는 여러 가지로 기분 나쁜 사건이 우리 집을 휩쓸고 지나간 해였습니다.

당시 우리 가족은 아마가사키의 한신 국도 변에 있는 커다란 목조 아파트에 살고 있었습니다. 약간 색다른 구조의 아파트로, 원래 길을 끼고 늘어서 있던 나가야+ 위에 그대로 커다란 아파트를 올린 듯이 증축하여 하나의 건물로 만든 것이었습니다. 그래서 아파트 안에 국도와 뒷골목으로 이어지는 터널이 연결되어 있는 이상야릇한 건물이었습니다. 일 년 내내 볕이 들지 않는 터널에는 항상 알전구가 켜져 있고 터널의 흙은 늘 축축하여 불쾌한 냄새가 떠돌았습니다. 터널 위는 이층 복도여서 사람이 걷는 소리가 쿵쿵 울렸습니다. 근처 사람들은 '마쓰다 아파트' 라는 어엿한 이름이 있는데도 '터널 나가야' 라고 불렀습니다.

우리 집은 많은 셋집으로 이루어진 일층 터널의 한가운데쯤에 있었습니다. 방의 남쪽 옆에는 공동변소가 있어서 일 년 내내 지독한 방취액 냄새가 흙벽을 타고 새들었습니다. 날씨가 좋은 날에 한길로 달려 나가면 너무 눈이 부셔서 한참을 가만히 서 있어야 했습니다.

북쪽 옆에는 포장마차를 끌며 라면을 팔고 있는 가족이 살았습니다. 장마가 며칠이고 계속되어 '옆집은 장사를 못할 테니 어렵겠지' 하는 말이 들렸고, 어느 날 얇은 벽 너머로 아무 소리도 들려오지 않아 아버지가 들여다보러 갔더니 라면집

+ 長屋. 칸을 막아서 여러 가구가 살 수 있도록 길게 만든 집.

부부는 두 명의 여자아이를 끈으로 목을 졸라 죽이고 자신들도 목을 매달아 죽어 있었습니다.

밤이 되어 아버지가 경찰서에 불려갔습니다. 유서에, 사체를 처리할 때 보탬이 될까 하여 있는 돈을 놓고 갑니다, 봉투에 넣어 책상 위에 올려놓았으니 그것으로 뒤를 잘 부탁드립니다, 라고 쓰여 있었다고 합니다. 그런데 아무리 찾아봐도 그 돈은 발견되지 않았습니다. 첫 발견자인 아버지가 의심을 받았습니다. 아버지로서는 전혀 모르는 일이었습니다. 몸이 그다지 건강하지 못하고 겁도 많은 아버지는, 몇 번이고 몇 번이고 불러다 놓고 심한 말을 해대는 경찰의 조사 방식이 어지간히 힘들었던 모양인지 그 길로 오랫동안 몸져누웠습니다.

당시 우리 식구는 아버지와 어머니, 나, 세 살 아래의 겐지, 그리고 여든세 살인 할머니, 이렇게 다섯이었습니다. 할머니는 친할머니로, 다리와 허리는 정정했지만 귀가 잘 안 들리는 데다 노망까지 들었습니다. 고치 현의 스쿠모 사람으로 할아버지가 돌아가신 뒤에 아버지가 모셔와 같이 살게 되었는데, 시골의 널찍한 곳에서 살아온 분이어서 아마가사키의 축축하고 좁은 집이 너무나도 싫으신 모양이었습니다.

일 년 전쯤부터 무턱대고 집을 나가더니 결국 경찰의 보호를 받는 일까지 생겼습니다. 시코쿠의 스쿠모로 돌아가려고 하는데 길을 가르쳐달라며 길 가는 사람에게 묻고 다니는 것을 경찰이 보호하고 있었던 겁니다. 노면전차의 선로 위를 걷는다거나 빨간 신호인데도 막무가내로 건너기 때문에 너무나 위험했습니다.

시코쿠로 돌아가도 옛날 집은 없어요, 배를 타고 바다를 건너서 가야 하니까 아무리 열심히 걷는다고 해도 할머니 발로는 돌아갈 수 없어요, 하고 아무리 가르쳐드려도 이미 노망이 들어 통하지가 않았습니다.

무더운 한여름이었습니다. 트럭이 몇 대나 땅을 울리며 국도를 달려갔고 그 시커먼 배기가스가 아파트 안의 터널에 가득 차서 저는 숨을 멈추고 한길로 뛰어 나갔습니다. 분명히 조금 전까지만 해도 방에 누워 있던 할머니가 고베 방향으로 국도를 걷고 있었습니다. 저는 복사열의 열기로 후텁지근한 먼지투성이의 길을 쫓아가, 할머니 앞으로 가서 두 팔을 벌리며 지나가지 못하도록 길을 막았습니다. 그리고 귓가에 입을 대고 크게 소리쳤습니다.

"또 이렇게 멋대로 돌아다니면 아버지한테 혼나요. 집으로 돌아가요. 더우니까 어서 집으로 돌아가시라니까요."

그러자 할머니는 주름투성이의 얼굴을 일그러뜨리고 웃으시면서 알아듣기 힘든 목소리로 말했습니다.

"스쿠모에서 죽고 싶으니께 시코쿠로 돌아가는 거여."

여느 때와 달리 불문곡직한 말투로 중얼거리더니 저를 밀어젖히고는 다시 걷기 시작했습니다.

저는 한참을 그대로 선 채 할머니의 뒷모습을 바라보았습니다. 문득 정신이 들어 서둘러 집으로 뛰어가, 그 일 이후로 내내 몸져누워 있는 아버지에게 할머니 일을 알려드렸습니다. 아버지는 깜짝 놀라 일어나 뒤쫓아 가려고 하다가는 그만두었습니다.

"그냥 내버려둬. 누군가가 또 모셔오겠지, 뭐. 기둥에 묶어둘 수도 없고 참."

아버지는 기진맥진한 표정으로 어둑어둑한 방구석에 드러누워 버렸습니다. 저는 할머니를 찾아다녔습니다. 아버지가 그런 상태였으므로, 어머니는 근처 건축회사에 일을 나가고 있었습니다. 한신 아마가사키 역 앞에 빌딩 공사가 있었는데, 어머니는 그곳의 사내들 틈에서 벽돌이나 베니어판을 밀차로 현장에 옮기는 작업을 하고 있었습니다. 밀짚모자를 쓰고 그 위로 수건으로 뺨을 감싼 어머니는 햇볕이 쨍쨍 내리쬐는 건축현장에서 밀차를 밀고 있었습니다.

헐레벌떡 달려가 말을 하려고 할 때, 한 남자가 뒤에서 어머니의 엉덩이를 걷어찼습니다.

"아무리 여자라도 농땡이 피우면 돈 못 줘!"

저는 할머니 일도 잊어먹고 그 자리에서 뒤도 안 돌아보고 쏜살같이 도망쳤습니다. 상점가 긴 아케이드의 부서진 구멍으로 햇빛이 얼룩덜룩한 무늬로 떨어지고 있었습니다. 그 가운데를 정처 없이 계속해서 달렸고, 숨이 끊어질 듯해서 땀에 흠뻑 젖은 채 멈춰 섰더니 무릎 아래쪽이 싸악 차가워졌습니다. 열렸다 닫혔다 하는 커다란 파친코점의 유리문 사이로 냉방의 냉기가 새나오고 있었습니다. 블라우스 단추를 풀고 스커트 자락으로 땀을 닦았습니다. 그러고 나서 휘청휘청 파친코점 안으로 들어갔습니다. 가슴이 큰 도깨비 같은 얼굴의 여자가 추잉검을 씹으면서 파친코를 하고 있었습니다. 파친코 기계 사이를 한동안 왔다 갔다 하다 보니 땀이 빙수처럼 차가워졌습니다. 그런데도 아랫배만은 몹시 뜨거워서 불쾌한 기분이었습니다.

제가 그날의 일을 똑똑히 기억하고 있는 것은 파친코점 안에서 초경을 맞았기 때문입니다. 학교 보건 시간에 처치하는 법을 충분히 배우기는 했지만 정말 깜짝 놀라서 화장실로 달려갔습니다. 저는 오랫동안 화장실 안에서 어찌할 바를 모르고 있었습니다. 오랫동안 닫혀 있는 화장실을 이상하게 여긴 모양인지, 곧 파친코점의 점원이 와서 몇 번이고 문을 두드렸습니다. 저는 화장지를 잔뜩 접어서 거기에 꼭 대고는 더럽혀진 팬티를 있는 힘을 다해 끌어올리고, 시치미를 딱 뗀 채 밖으로 나갔습니다. 스커트 앞뒤를 손으로 누른 채 천천히, 천천히 걸어서 돌아갔습니다. 단발머리 앞머리에서 땀이 흘러내려 눈으로 들어가도 스커트 위를 누르고 있던 손은 절대 떼지 않았습니다.

집에 도착하자 안쪽 방으로 들어가 여기저기 구멍투성이인 장지문을 닫고 가만히 무릎을 꿇고 앉았습니다.

"유미코, 아무래도 걱정이 돼서 안 되겠다, 할머니 좀 찾아보고 올래?" 아버지는 그렇게 말하면서 장지문을 열고 들여다보았습니다. 평소와 다른 저의 모습을 알아차리고 몇 번이고 무슨 일이냐고 묻기에 저는,

"배가 아파."

하고 대답했습니다. 저는 왜 그런지 견딜 수 없을 만큼 슬

펴졌습니다. 초경이 무서웠던 게 아닙니다. 저는 그때 가난이라는 것을 태어나서 처음으로 원망했던 것입니다. 햇볕이 쨍쨍 내리쬐고 있는 국도로 사라진 할머니의 조그마한 뒷모습이나 막벌이꾼에게 엉덩이를 걷어차이던 어머니의 모습이, 한낮인데도 전구를 켜지 않으면 안 되는 축축한 방 가득히 되살아났습니다. 저는 장지문을 쾅 닫고 피가 굳어서 딱딱해진 팬티를, 스커트 위로 언제까지고 꾸욱 누르고 있었습니다. 지금도 달거리가 시작될 때는 어김없이 이유 없이 썰렁해지고 쓸쓸한 기분에 사로잡히는 것도, 아마 초경이 있었던 순간, 파친코점의 냉방으로 얼음처럼 차가워진 땀에 절어 있었던 탓이라고 저는 생각하고 있습니다.

곧 어딘가의 파출소에서 연락이 오겠지, 하는 사이에 한밤중이 되어버렸습니다. 아버지는 마지못해 일어나서는 근처 파출소로 찾아갔습니다. 그런 노인이 보호받고 있다는 연락은 어디에서도 들어오지 않았다는 것이었습니다. "돈은 한 푼도 갖고 있지 않고 어떤 전차를 타면 어디로 간다는 판단도 할 수 없는 분이니까 그렇게 멀리는 못 가셨을 겁니다. 일단 내일까지 기다려보죠. 여름이니까 어디 길 위에서 얼어 죽을 일도 없을 테니까요." 순경은 또야, 하는 표정을 지으면서 한

가하게 그렇게 말했습니다. 그렇지만 그 이래로 할머니는 그야말로 귀신이 곡할 노릇으로 갑자기 행방불명이 되었습니다.

친척들한테 연락도 해보고 경찰서에서도 여기저기 찾아봐 주었지만, 한 주가 지나고 두 주가 지나도 할머니의 행방은 묘연했습니다. 어쩌면 할머니는 비상금을 숨겨두고 있다가 사람들한테 물어물어 고베에서 배를 타고 정말 기적적으로 목적지인 스쿠모까지 간 것이 아닐까요. 아버지도 어머니도 거기에 생각이 미쳤는지, 시코쿠의 친구나 지인들에게 문의하는 속달을 부치기도 했습니다. 경찰도 만약을 위해 시코쿠의 모든 경찰서에 수배하여 조사해주었지만 그 후에도 할머니는 발견되지 않았습니다.

반년이 지난 12월 중순, 얼굴이 익은 순경이 집에 와서 이렇게 말했습니다.

"어디에선가 아주 기특한 사람이 신원불명인 노인을 보살펴주고 있거나 아니면 강이나 바다에 빠져 가라앉은 채 떠오르지 않거나, 이제 그 둘 중의 하나라고밖에 생각할 수 없겠네요."

그 무렵이 되자 아버지도 어머니도 이대로 할머니가 발견되지 않기를 바라는 것 같았습니다. 입 밖에 내지는 않았지만 어딘가에서 죽어주었으면 좋겠다고 생각하고 있었음에 틀림없습니다.

그때까지 온화한 말투였던 순경이 갑자기 탐색하는 듯한 눈으로 말을 이었습니다.

"실은 근처에서 이상한 소문이 돌고 있습니다. 종전 후의 혼란한 상황도 아니고 요즘 같은 세상에서 몸이 불편한 노인의 행방을 이렇게 전혀 모른다는 게 있을 수 있느냐고 말이지요."

"……예, 그야 우리도 육친인 만큼 오죽하겠습니까."

"집 안을 한번 살펴봤으면 하는데요, 괜찮겠습니까?"

"집 안을, 요?"

"다다미를 들어내고 바닥을 파보고 싶은데요."

"저기……, 그, 그러니까 우리가 할머니를 죽여서 바닥에 묻기라도 했단 말이오, 지금?"

아버지는 깜짝 놀라서 어머니의 얼굴을 쳐다봤습니다. 어머니도 새파랗게 질린 얼굴로 순경을 쏘아보았습니다. 일가가 동반 자살한 라면집이 남겼다는 돈 건으로 아버지에게 두어진 의심도 아직 말끔히 해소된 것이 아니었습니다. 평소 그렇게 온순하던 아버지가 그때만은 몸을 떨며 큰 소리로 순경에게 덤벼들기라도 할 듯이 말했습니다.

"아하, 그래요, 자, 맘대로 해보시든가. 집 안 어디든지 한 번 찾아보시오. 만약 할머니가 나온다면 그건 내가 한 짓이 틀림없을 테니까. 게다가 어쩌면 옆집이 남겨두었다는 그 돈도 나올지 모르겠군. 찢어지게 가난하다 보면 사람은 거치적거리는 자기 부모를 죽이기도 하고 또 다른 사람의 돈도 슬쩍하게 된다는 뭐 그런 말 있잖소. 내일이 아니라 지금 당장 파보는 게 어떻겠소?"

순경은,

"그러게요, 그럼 그렇게 할까요?"

하는 말을 남기고 돌아갔습니다. 세 시간쯤 지나서 순찰차와 소형 트럭이 뒷골목에 멈췄고 쥐색 작업복을 입은 경찰 대여섯 명이 삽을 들고 집으로 들어왔습니다. 집주인이 입회한 상태에서 옷장이나 찻장을 밖으로 내놓고 다다미를 걷고 바닥을 파기 시작했습니다. 나가야에 사는 사람들이 수군거리며 모여들었습니다.

저는 어머니한테 딱 달라붙어 와들와들 떨고 있었습니다. 할머니가 한신 국도를 서쪽으로 멀어져가는 것을 분명히 보았는데도, 그때의 저는 바닥 밑의 축축하고 시커먼 흙 속에서 할머니의 사체가 나오지 않을까 하는 불안감에 사로잡혔습니다.

바닥 밑에서는 아무것도 나오지 않았습니다. 경찰관이 대충 뒤처리를 하고 찜찜한 표정으로 돌아간 것은 저녁이 다 되어서였습니다. 흙을 다시 다져넣고 나서 다다미를 깔고 변변치 않은 옷장과 찻장을 제자리에 돌려놓고 나서도 여전히 흙냄새가 스며 나오는 것 같았습니다.

어머니는 방의 구석진 자리에 다리를 모아 옆으로 하고 앉아서, 드러누워 있는 제 머리를 자신의 무릎 위에 올려주었습니다.

"유미코, 이제 어린애들이 입는 이런 스커트는 안 되겠다. 아가씨가 되었으니까 팬티가 보이면 창피하잖아."

"그건 그렇지만 그 뒤로는 없는걸."

그렇게 말하는 제 머리를 세 가닥으로 땋아보면서,

"처음에는 다 그런 거야. 그 뒤로 일 년이나 이 년까지 없는 애들도 있으니까."

하며 어머니는 웃었습니다. 어머니는 콧등과 손등만 새까맣게 타서 일 년 전에 비하면 몹시 늙어버린 느낌이었습니다.

"아빠도 내년부터는 일을 하실 거고, 엄마도 건축회사 일을 그만두고 역 앞의 '오타후쿠'お多福라는 오코노미야키+ 집에서 일하기로 했어. 그동안 일하던 사람이 그만둬서 그 후임자로 와달라고 했거든."

"와, 오타후쿠?"

"유미코와 똑같은 오타후쿠++야."

"저기 말이야, 나 예뻐? 아니면 못났어?"

"점점 예뻐지겠지."

"그럼 지금은 역시 못생긴 거구나."

다다미도 가구도 빈틈없이 제자리로 돌려놓았을 텐데도, 어쩐지 모습을 바꾼 낯선 방에 드러누워 있는 것 같았습니다. 수명이 다해 미세하게 깜박거리고 있는 형광등을 보면서 저는 태어나서 처음으로 맛보는 듯한 안도감에 휩싸였습니다. 안도감이란 아마 그때의 그런 마음을 말하는 것이라고 생각합니다. 아아, 할머니는 어딘가에서 죽었음에 틀림없고, 아버지도 일하고, 어머니도 이제 막노동을 하지 않아도 되고, 저도 어엿하게 초경을 겪었고, 일순 그런 생각이 스쳐 저는 잠

+ 우리나라의 부침개와 비슷한 음식.

++ 둥근 얼굴에 광대뼈가 불거지고 코가 납작한, 추녀의 대표적인 얼굴.

깐 안도감이라는 기분에 빠져들었습니다.

당신이 제 앞에 나타난 것은 그다음 날이었습니다. 뒷골목에 면한 이 아파트의 가장 구석진 자리에 있는 집에 나카오카라는 중년의 홀아비가 살았습니다. 당신은 그 집에 후처로 들어온, 자상해 보이는 여자가 데리고 들어온 아이였습니다.

제가 학교에서 돌아오면 당신은 터널 나가야 옆에 있는 높은 벽돌담에 공을 던지며 놀고 있었습니다. 파란 야구 모자를 비스듬히 쓰고 있었습니다. 본 적이 없는 남자아이가 혼자 놀고 있었으므로 저는 곁눈질로 훔쳐보면서 지나쳤는데, 어쩐지 무척이나 신경이 쓰였습니다. 특별히 이렇다 할 특징도 없는 남자아이였는데, 왜 그때는 당신이 그렇게 마음에 남았을까요. 저는 해질녘까지 혼자 벽돌담에 공을 던지고 있는 당신을 멀리서 몇 번이나 훔쳐보았습니다.

삼 년 후, 당신의 어머니가 돌아가신 날과 거의 같은 무렵, 사체가 발견되지 않은 채였던 할머니의 사망 판결이 내려져 호적에서 말소되었습니다. 그러고 나서 이십 년 이상이 지난 지금까지 결국 할머니의 유체는 발견되지 않았습니다. 만약 살아 있다면 이미 백 살이 넘었을 텐데, 그런 일이야 있을 리 없겠지만, 생각하면 할수록 그렇게 이상한 방식으로 죽은 사람은 없을 거라는 생각이 듭니다. 그리고 참으로 신기한 방식으로 이 세상에서 사라져간 할머니와 교대라도 하듯 당신이 제 앞에 나타난 것에 뭔가 오싹한 두려움 같은 것을 느끼게 됩니다.

오쿠노토의 날씨는 변덕스러워서 이제 막 기분 좋게 갰는가 싶다가도 갑자기 구름이 부풀어 오르고 파도가 밀려와 주위를 밤처럼 바꾸어 놓습니다. 삼 년 전, 제가 막 네 살이 된 유이치를 데리고 처음으로 이곳에 온 날도 그런 날이었습니다. 끊임없이 갰다 흐렸다 하면서 반도 전체가 봄에서 겨울로 돌아간 것처럼 캄캄하고 추워지는 것을 저는 가나자와에서 갈아탄 나나오선 전차 안에서 바라보고 있었습니다.

그날은 아침 일곱시에 아마가사키를 떠났습니다. 재혼 혼담을 주선해주었고 여러 가지로 보살펴준 집주인 부부에게 인사를 하고 나서 한신 전차 아마가사키 역까지 어머니와 함께 걸었습니다. 역 앞의 공원에 피어 있는 벚꽃이 대부분 져버렸고, 그것이 강한 바람에 회오리쳐 올라가는 흐린 날이었습니다.

당신이 죽었을 때도 눈물을 보이지 않았던 어머니가, 표를 사고 있는 제 옆에서 울었습니다. 아침 이른 시간에 출근하는 샐러리맨들이 빠른 걸음으로 지나치면서 우리를 돌아보았습니다.

"유미코, 힘들면 언제든지 돌아와야 한다. 그때는 엄마와 같이 살자."

"응, 싫어지면 참지 않고 돌아올게."

"무슨 말을 하는 거야. 한번 시집가면 그 집 귀신이 되어야지. 그런 마음이라면 처음부터 재혼 같은 건 생각하지 말았어야지."

어머니는 종잡을 수 없는 말을 하고는 유이치를 끌어안았습니다. 동생 겐지는 자동차 판매회사에 근무하고 있고 아직 결혼을 하지 않았는데,

"걱정하지 말라니까, 엄마 한 명이나 두 명쯤은 모실 수 있어."

하고 말해주었기 때문에 전 그 부분에 대해서는 안심했습니다. 오사카 역까지 배웅해주겠다는 어머니를 말리고 전 몇 번이고 몇 번이고 계단 중간에서 돌아보며 플랫폼으로 올라갔습니다.

나고 자란 아마가사키의 거리를 저는, 붐비는 사람들에게

밀리며 플랫폼에서 한참을 바라보았습니다. 왜 오쿠노토의 최북단에 있는 쇠락한 어촌으로 시집 갈 마음이 든 것인지, 저는 그때 자신의 마음을 확실히 알았습니다. 여덟 살이 되는 딸을 데리고 오쿠노토에서 일부러 맞선을 보기 위해 아마가사키까지 찾아온 세키구치 다미오라는 서른다섯 살의 남자에게 마음이 끌려서도 아니고, 공해에 찌든 연기와 사우나나 카바레의 네온사인이 가난 냄새를 풍기는 아파트를 에워싸고 있는 아마가사키라는 곳이 지겨워져서도 아니며, 아직 비린내가 가시지 않은 러브호텔의 시트를 갈아 까는 일이 힘들어서도 아니었습니다. 저는 당신이라는 사람이 따라다니는 풍경에서, 소리에서, 냄새에서 도망치고 싶었습니다. 그것을 깨닫자마자 제 가슴에는 아무런 이유도 없이 햇볕이 쨍쨍 내리쬐는 한신 국도 서쪽으로 멀어져간 할머니의 마지막 모습이 또렷이 떠올랐습니다. 저는 별안간 애가 타서 가만히 있을 수가 없었습니다. 아마 아직 개찰구에 내내 서 있을 게 틀림없는 어머니한테 돌아가고 싶어졌습니다. 그때 한 씨 모자를 만나지 않았다면 저는 유이치를 안고 플랫폼을 뛰어 내려갔을 것입니다.

한 씨는 조선인으로, 여자인데도 남자처럼 뒷머리를 쳐올리고 남자 작업복을 입은 채 혼자 조그만 트럭을 운전하며 폐품을 회수하는 일을 하는 사람입니다. 실제로는 서른여덟 살인데 마흔일곱이나 여덟쯤으로도 보입니다. 불그레한 얼굴에 광대뼈가 튀어나온 아주머니입니다. 그 한 씨가 일곱 살짜리 사내아이와 다섯 살짜리 계집아이를 양손에 잡고 여덟 달이 된 젖먹이를 등에 업은 채 늘 입던 작업복 차림으로 전차를 기다리고 있었습니다. 늘 무뚝뚝하기만 한 사람이었는데 그 날은 제 얼굴을 보자마자 옆으로 다가와서는,

"어디 가요, 이렇게 아침 댓바람부터?"

하고 물었습니다. 저는 평소에 남자들처럼 담배를 입에 문 채 트럭을 운전하는 한 씨밖에 몰랐기 때문에 의외로 여자다운 친절한 말투에 당황하여,

"오쿠노토에 가요"

하고 솔직하게 말해버렸습니다.

"오쿠노토? 오쿠노토가 어딘데요?"

"……이시카와 현의 위쪽이에요."

"그런 곳까지 뭐 하러 가세요?"

우메다행行 급행이 들어와 개찰구로 내려갈까 어쩔까 망설이고 있던 저를 흘끗 보더니 한 씨는 사내아이의 손을 놓고

유이치를 달랑 안아 올리고는,

"빨리 올라가서 아줌마 앉을 자리 좀 잡아드려."

하고 큰 소리로 외쳤습니다. 사내아이는 문이 열리자마자, 내릴 준비를 하고 있는 사람들 발밑을 빠져 들어가 빈자리에 벌렁 드러눕고는,

"잡았어, 엄마, 잡았어."

하고 소리쳤습니다.

제가 무슨 말을 할 겨를도 없이 한 씨는 유이치를 데리고 전차에 올랐습니다. 저도 어쩔 수 없이 그 전차를 탔습니다.

"어머, 재혼한다구요?"

한 씨의 큰 목소리에 주변에 있던 승객들이 일제히 저희를 쳐다보았습니다. 저는 창피해서 화제를 돌리려고,

"한 씨야말로 이런 이른 시간에 어디 가세요?"

하고 물어보았습니다.

"덴노지 동물원에요. 오늘은 토요일이니까 오전에 한산할 때 다녀오려고요."

"애들을 세 명이나 데리고, 힘드시겠네요."

"말도 말아요, 가자고 난리인 데다 통 말을 들어먹어야지요."

저는 전차에 흔들리면서, 우메다에 도착하면 그대로 아마가사키로 돌아가려고 생각했습니다. 그런데 우메다에 도착하자 한 씨는 오사카 역까지 저희를 배웅하겠다고 했습니다.

"너무 일찍 나와서 어떻게 시간을 보내나 했거든요. 그렇게 사양하지 않아도 돼요. 이제 헤어지면 평생 못 만날 것 같은데."

아이의 손을 잡고 앞서서 성큼성큼 걸어가는 한 씨의 뒤를 종종걸음으로 쫓아가면서 저는 어쨌든 소소기까지 가보고, 그래도 싫다고 생각되면 정말 어머니가 말한 대로 돌아오면 된다고 생각을 고쳐먹었습니다.

라이초雷鳥 2호가 오는 것을, 한 씨는 플랫폼까지 들어가 같이 기다려주었습니다. 뭔가 하고 싶은 말이라도 있는 표정으로, 때때로 입을 떼려다가는 그대로 다물어버리는 한 씨와 꾀죄죄한 차림의 두 아이를 보고 있었더니 저는 어쩐 일인지 눈물이 복받쳐 올랐습니다. 지금껏 한 번도 사이좋게 말을 나눠본 적도 없는 한 씨가 왜 이렇게 플랫폼까지 들어와 전송을 해주는지 묘한 기분이었습니다.

"앞으로가 여자로서 한창이에요. ……힘내요."

무서운 얼굴로 한 씨는 그렇게 말했습니다.

✧

"힘껏 가랑이로 조이면 사내들이란 맥없이 무너지거든요. 배우자의 아이를 자기 편으로 만드는 게 비결이에요. 진짜, 진짜, 이제 그렇게 하는 거예요."

열차가 들어오는 것을 알리는 방송이 있었고, 저는 예예, 하고 고개를 끄덕이며 플랫폼을 뛰어다니고 있는 유이치를 붙잡기 위해 달려갔습니다.

열차가 출발할 때 갓난아기를 거칠게 업고 두 명의 아이를 양손에 잡은 한 씨가 가만히 플랫폼에 선 채 금니를 빛내며 웃었습니다. 알게 된 지 십 년이나 된 한 씨가 저에게 처음으로 보여준 웃는 얼굴이었습니다.

불안감이나 답답함, 후회가 한꺼번에 밀려와 마음을 흔들었습니다. 그때 제 마음에 한 씨는 대체 무엇을 쏟아부어 주었을까요. 한 씨는 무슨 생각으로, 그때까지 친절하게 말을 나눈 적도 없는 저를 플랫폼까지 들어와 전송해주었을까요. 저는 때때로 한 씨 모자와 동행하여 어딘가로 놀러가는 꿈을 꿀 때가 있습니다. 다른 데는 알뜰하면서도 아낌없이 돈을 들인 한 씨의 금니가 묘하게도 꿈속에서는 고상하게 빛나고 있었습니다.

가나자와에서 갈아탄 나나오선 전차는 모든 역마다 서는

완행이어서 와지마까지는 세 시간이나 걸렸습니다. 처음 가는 긴 여행에 신나하던 유이치도 가나자와에 도착한 무렵부터는 지루해졌는지 좌우로 심하게 흔들리는 나나오선의 낡아빠진 차 안을 이리저리 나뒹굴며 뛰어다녔습니다. 그러다가 나나오를 지난 무렵부터 잠이 들었는데, 저는 그제야 차분한 마음으로 바깥 풍경에 눈을 줄 수 있었습니다. 왼쪽은 야트막한 산이 코딱지만 한 논과 밭을 둘러싸고 있었고, 오른쪽으로는 아주 멀리 바다가 보였습니다. 열차가 반도의 쑥 내민 끝을 따라 나아가면서 하늘은 점점 어두워졌습니다. 약간 큰 역에 멈추면 학교를 파하고 집으로 돌아가는 중학생이나 고등학생들이 한꺼번에 밀어닥쳤고, 그다음 큰 역에 도착할 때까지 조금씩 줄어들다가 다 내린 곳에서 다시 한꺼번에 밀어닥쳤습니다. 그들은 도회지 아이들과 똑같은, 자깝스럽고 건방진 눈으로 저희 모자를 쳐다보았습니다.

저는 와지마에 도착할 때까지 내내 바깥에 시선을 둔 채 죽어버린 당신과 이야기를 했습니다. 무슨 이야기를 했는지 생각도 나지 않습니다만, 그 무렵에는 저 혼자가 되면 무의식적으로 당신에게 말을 거는 버릇이 생겨버렸습니다. 그리고 제가 말을 거는 당신은, 선로를 걸어가는 뒷모습의 당신이었습니다. 상상하는 것만으로 마음이 차가워져버리는 그 뒷모습에 말을 걸면, 저의 또 하나의 마음은 분명히 무언가에 빠져들어 황홀해지는 신기한 기쁨을 느꼈습니다.

당신 입에서 저를 좋아한다는 말을 들었을 때 전 너무나 기뻤습니다. 태어나서 그때까지, 그리고 그 뒤로도 그렇게 기뻤던 적은 없었습니다.

둘 다 중학교밖에 나오지 못했습니다. 저는 동생 겐지를 어떻게든 고등학교 정도는 나오게 하고 싶었으므로, 어머니가 진학을 포기하라는 말을 했을 때도 그렇게 슬프지는 않았습니다. 아버지가 오랫동안 병으로 누워 있었기 때문에 아이 둘을 고등학교에 보낼 여유가 없다는 것은 저도 잘 알고 있었습니다. 그런데 당신은 스스로 완고하게 진학을 거부하고 철공소에 견습생으로 들어가 일을 하기 시작했습니다. 중학교 3학년 때 어머니가 돌아가시자 피가 통하지 않은 아버지의, 이를테면 애물단지가 되고 말았다는 것을 의식해서 일부러 그렇게 했을 것입니다. 공부도 잘하고 용모도 단정한 남자아이였으니까 저에게는 수많은 연적이 있었습니다. 그 연적 대부분이 고등학교에 진학해버리자 저는 당신과 둘이서 작은 방에 들어간 것 같은 기분이 들어 마음이 설레었습니다. 그리고 나서 어른이 될 때까지 여러 가지 일이 있었습니다. 이런저런 일이 있었지만 당신에 대한 저의 마음은 단 한 번도 변한 적이 없었습니다.

그리고 결혼하고 첫아이를 낳은 지 세 달이 되었을 때 저는 이유도 알 수 없는 자살이라는 형태로 당신을 잃었습니다. 저는 그 후 허물처럼 살아왔습니다. 당신은 왜 자살을 했을까, 그 이유는 대체 뭐였을까, 저는 멍해진 머리로 생각하고 또 생각하고, 그러다가 생각하는 데 지쳐서 아무래도 좋다는 마음이 되어 집주인 부부가 꺼낸 재혼 혼담에 어느새 휘말리고 말았습니다.

와지마에 도착하기 조금 전부터 비가 내리기 시작했습니다. 건널목의 경적이 몇 번이고 몇 번이고 다가왔다가 멀어져 갔고, 선로 옆으로 보이는 민가도 너무나 한촌寒村다운 시골티를 풍기는 느낌으로 변해갔습니다.

안개비는 강한 바람에 옆으로 들이쳤습니다. 열차 안은 난방이 잘돼서 더울 정도였으므로 와지마 역에 내렸을 때는 무심코 몸이 떨렸습니다. 4월인데도 겨울 같은 추위여서 저는 아, 대단한 곳에 와버렸구나, 하는 생각을 하며 아직 꾸벅꾸벅 졸고 있는 유이치를 안고는 무거운 발걸음으로 개찰구를 빠져나갔습니다. 관광객처럼 보이는 한 무리가 개찰구 근처에서 밀치락달치락하고 있어서 마중을 나와 있을 다미오 씨의 모습이 보이지 않았습니다. 저는 그냥 돌아갈까, 하고 생각했습니다. 내가 어떻게 된 거지, 정신이 나간 거야, 그러니까 이렇게 먼 오쿠노토 구석까지 찾아올 마음이 든 거겠지, 하고 어딘가 잔뜩 긴장하면서 마음속으로 생각했습니다.

오 분쯤 지났을 때 다미오 씨와 딸 도모코가 역으로 뛰어들어왔습니다. 간사이에서 온 단체손님이 있어서 그 요리를 준비하는 데 시간이 걸렸다고 다미오 씨는 미안하다는 듯 말했습니다. 아빠가 등을 툭 치자 미리 준비를 한 모양으로 여덟 살의 도모코는,

"와주셔서 감사합니다."

하며 고개를 숙였습니다.

저희는 인사도 하는 둥 마는 둥 다미오 씨가 운전하는 경자동차에 올라탔습니다. 와지마 시내를 빠져나가 구불구불 구부러진 좁은 해안도로를 삼십 분쯤 달렸습니다. 시커먼 구름이 점차 갈라지더니 그 사이로 자색을 띤 파란 하늘이 들여다보였습니다. 날씨가 궂어지는 하늘인지, 개어가는 하늘인지 도저히 구별할 수 없는 듯한 구름 벽이 안개비 위에서 소용돌

이치고 있었습니다. 저는 물방울에 젖은 차창 너머로 흔들흔들 요동치고 있는 광대무변한 일본해를 바라보았습니다. 몇 개의 조그마한 마을을 빠져나간 차가 다시 해안선으로 나왔을 때 제 눈은 무심코, 처음 본 소소기의 바다에 고정되었습니다. 온통 안개비에 묻힌 그때의 바다색은, 대체 뭐라고 표현하면 좋을까요. 그것은 지금까지 한 번도 본적이 없는, 이상하게 파도만이 새하얗게 날아오르며 넘실거리는 어두운 바다였습니다.

세키구치 다미오 씨의 집은 바다에 면한 이층집으로 새로 이은 지붕만이 새것인 옛날 그대로의 구조였습니다. 다미오 씨는 장남으로 중학교를 나오자마자 오사카의 소네자키신치에 있는 음식점에서 일하게 되었습니다. 그곳에서 십 년간 침식하며 조리사 면허를 땄습니다. 계속 오사카에서 살 생각이었지만 나이든 부모를 그냥 내버려둘 수도 없었습니다. 마침 와지마의 관광여관에서 요리사를 구하고 있기도 해서, 그렇다면, 하고 소소기로 돌아왔다고 합니다. 그 지역 사람과 결혼한 지 삼 년 만에 아내가 세상을 떠났습니다. 세키구치가에는 그 밖에 오 년 전에 배우자를 잃은 예순여덟이 되는 그의 아버지와 세 명의 동생이 있었습니다.

다들 결혼해서 오사카나 나고야에서 생활하고 있으므로 저는 성가신 시어머니나 시누이가 없는 셈입니다. 다미오 씨는 일단 저를 집에 데려다주고 나서 다시 여관으로 나갔습니다. 토요일은 늦은 시간까지 단체손님의 연회가 있어서, 하필이면 이런 날에 미안하다며 여관 주인으로부터 부탁을 받은 처지였던 것입니다. 될수록 빨리 돌아오겠다면서 나가버리자 저는 왠지 모르게 한숨을 놓고 아래층 방에서 무료하게 앉아 있었습니다. 그리고 아, 이것이 해명海鳴인가, 하고 저는 진지하게 귀를 기울였습니다. 친척이나 이웃들에게 인사하는 것은 내일 하기로 하고 오늘은 편히 쉬라고, 시아버지가 알아듣기 힘든 말로 말해주었습니다. 와이셔츠 위에 솜이 든 겉옷을 입고 구멍이 난 검은색 버선을 신고 있었습니다. 저는 바느질 꾸러미가 있는 곳을 물었습니다. 이 년 이상이나 남자만 있는 집안이었기 때문에 어디에 무엇이 보관되어 있는지 시아버지도 잘 모르는 것 같았습니다. 사오 년 전 가벼운 뇌일혈로 쓰러져 그 후로는 입과 오른손이 자유롭지 못하게 되었다고 합니다. 빡빡 깎은 반백의 머리와 주름투성이인 온화한 표정의 시아버지와 앉아 있으니 몸 안에 단단히 오그라들어 있던 불안감이나 긴장감이 풀리는 것 같았습니다. 낯가림이 심한 유이치가, 시아버지가 손짓하며 부르자 순순히 가서 무릎에 앉았기 때문에 저는 깜짝 놀라 바라보았습니다. 빨간 스웨터와 바지를 입은 도모코는 부엌과 붙어 있는 넓은 마루방에 혼자 앉아 노는 척하면서 저를 살피고 있었습니다. 저는 문득 한 씨의 말을 떠올렸습니다. 도모코 옆으로 가서,

"오늘부터 내가 네 엄마야."

하고 말했습니다. 그때 얼굴을 휙 들고 웃어준 도모코, 분명히 여자아이임에 틀림없는 그 아이의 냄새를 코끝으로 맡는 순간 저는 그때까지 자신 없이 웅크리고 있던 자신의 마음을 시원하게 똑바로 펼 수가 있었습니다. 이 아이는 내가 오는 것을 즐거운 마음으로 내내 기다려주었구나, 하고 생각하자 갑자기 힘이 나서 눅눅한 집안 분위기도, 아주 가까이서 들려오는 해명 소리도, 까맣게 빛나는 마루방의 냉랭함이나 잘 안 나오는 텔레비전 화면도 수년 전부터 써와서 익숙해진 것 같은 기분이 들었습니다.

그날 밤, 바다에 면한 이층 방에 부모와 자식, 네 명의 이부자리를 나란히 깔았습니다. 긴 여행으로 피곤했을 텐데도 유이치는 언제까지고 잠들지 못했습니다. 도모코도 다미오 씨 옆에서 몇 번이나 몸을 뒤척이며 때때로 생각난 듯이 머리를

들고는 저를 보며 웃어주었습니다.

일본해에서 정면으로 불어오는 강풍이 덧문의 희미한 틈을 파고들며 피리처럼 울어대는 것을, 저는 숨을 죽이며 열심히 듣고 있었습니다. 그러는 사이에 파도가 밀려왔다 밀려나가는 것이 항상 일정한 간격이 아니라는 것을 알았습니다. 매번 강약도 달랐고 넘실거리는 방식도 달랐습니다. 아아, 바람 탓인가, 이제 겨울이 되면 또 어떤 바람이 불까, 그렇게 생각하면서 눈을 감고 깜빡깜빡 졸기 시작할 때쯤 다미오 씨의 손이 들어왔습니다.

저는 덧문이 덜커덕 하고 소리를 낼 때마다 눈을 뜨고 천장의 꼬마전구를 쳐다봤습니다. 대체 사람의 마음이란 어떤 걸까. 이불이나 베개, 자신의 것이 아닌 냄새에 언제까지고 익숙해지지 않은 채 저는 몇 번이고 그렇게 다가오는 상대를 받아들일 수 있도록 자연스럽게 몸을 움직이고 있었습니다. 그때만은 죽은 당신도, 당신의 뒷모습도 머릿속에 접어 넣고 요란하게 넘실거리는 바람과 파도의 한복판에서 살짝 땀을 흘리고 있었습니다.

바쁜, 그러나 마음 편한 나날이 계속되었습니다. 다미오 씨는 좋은 사람이었습니다. 숙박하는 손님을 위한 아침식사는 여관에서 먹고 자는 젊은 요리사가 담당했으므로 일요일만 아침 다섯시까지 여관에 가고 그 외에는 어지간한 단체손님이 아니고서는 열 시에 집을 나서면 되었습니다. 한 달도 지나지 않아 도모코는 전혀 거북해하지 않고 "엄마" 하고 부르게 되었습니다. 시아버지는 유이치가 정말 귀여운 모양으로, 저녁식사를 마치면 자신의 무릎 위에 올려놓고 재워줍니다. 유이치도 마치 거기는 자기 자리라도 되는 양 놀다 지치면 곧장 할아버지의 무릎으로 달려갑니다. 저도, 뺨을 감싼 수건으로 적동색 피부를 감추고 대바구니를 짊어진 채 길을 오가는 근처의 부인들과 친해져서 때로는 같이 버스를 타고 와지마의 아침 시장까지 가게 되었습니다. 해명의 울림에도, 바람소리에도, 멀리 바라다볼 뿐인 거친 바다에도, 뒤쪽에 있는 좀 높은 이시구로 산의 나뭇잎이 흔들리는 쓸쓸함에도, 그리고 그것들에 휩싸여 고요히 흩어져 있는 민가의 분위기에도 어느새 위화감을 느끼지 않게 되었습니다. 까마귀나 갈매기, 연기처럼 피어오르는 수많은 참새 떼, 비가 개면 어김없이 수평선에 걸쳐지는 커다란 무지개에도 저는 놀라지 않게 되었습니다. 살면서 익숙해지자 이곳 오쿠노토가 상상 이상으로 가난한 곳이구나, 하고 생각하게 되었습니다. 한창 일할 젊은 사람들의 모습을 볼 수 없다는 것이 얼마나 쓸쓸한 일인지도 알게 되었습니다. 도쿄로 일하러 간 남편과 이삼 년 동안 얼굴을 보지 못했다는 부인은 쌔고 쌨는데, 그중에는 그대로 증발해버려 생활비도 보내주지 않은 채 오 년이 지난 집까지 있을 정도입니다. 아들이나 딸도 학교를 졸업하면 취직하러 도회지로 떠나고, 그대로 그곳에서 살림을 차리고 돌아오지 않습니다. 특히 소소기나 그 부근 마을 등은 어업도 완전히 스러졌고, 아이들과 노인들만 있는 마을이 되어버렸습니다. 그러던 것이 최근 몇 년간의 관광 붐으로 시즌 중에는 몰려드는 숙박객을 호텔이나 여관만으로는 감당할 수 없게 되자, 오쿠노토 전역에서는 민박집을 운영하는 곳이 많아졌습니다. 도회지의 학생이나 샐러리맨은 큰 호텔이나 여관보다는 민박집에 묵고 싶어 하는 듯해서 근처의 집들에서는 목욕탕이나 화장실만 개조하고 민박협회의 간판을 현관에 내걸었습니다.

다미오 씨가 우리 집도 민박을 하면 어떻겠느냐는 말을 꺼낸 것은 가을도 거의 끝나갈 무렵이었습니다. "오래전부터 하고 싶기는 했지만 어쨌든 여자 일손도 없었고……." 하며 다미오 씨는 조심스러운 태도로 슬며시 말을 꺼냈습니다.

"게다가 내가 여관에서 일하는 게 마음에 걸리기도 하고. 사업상의 경쟁자 같은 부업을 하는 셈이니까……."

여관 주인에게 타진해본 결과 의외로 선뜻 찬성해주었다고 합니다. 여관과 민박은 손님 층이 다르고, 예고 없이 들이닥치는 거절할 수 없는 손님을 민박에 소개해주면 기뻐하니까 오히려 안성맞춤이라는 것이었습니다.

"그것 때문에 당신을 오게 한 것 같아서 말을 꺼내기가 어려웠거든. 게다가 거의 대부분은 당신 일이 될 거고……."

빚을 내서 어설프게 음식점을 내는 것보다 이대로 여관 주방에서 일하는 것이 더 안심할 수 있기는 한데 그것만으로는 아이들이 다 컸을 때가 걱정이라는 것이 다미오 씨의 생각이었습니다. 다미오 씨는, 도모코는 그렇다 치고 유이치는 남자니까 어떻게든 제일 위의 학교까지 보내고 싶다고 말해주었습니다. 와지마 시내에서 장사를 하고 있는 집을 별도로 하면 이 근방에서 아들을 대학까지 보낼 수 있는 집은 거의 없습니다. 저는 다미오 씨의 생각이 기뻤고, 게다가 저 자신도 일하는 것이 좋았기 때문에 내년 황금연휴를 목표로 조금씩 집안을 수리해 나가는 것으로 양해했던 것입니다.

처음으로 맞이한 소소기의 겨울은 이루 말할 수 없는 눈과 바람과 거친 파도의 나날이었습니다. 메마른 토지와 나가는 데 목숨을 걸어야 하는 앞바다만이 의지할 데였던 오쿠노토의 사람들은 도대체 지금까지 어느 정도의 지혜와 인내심으로 살아올 수 있었던 것일까, 저는 각로脚爐를 마주하고 시아버지가 들려주는 예전 이야기를 들으며 생각했습니다. 다미오 씨의 할머니가 짰다는, 이곳에서는 사코리라 부르는 방한복을 입고 유이치는 옅은 눈 속을 뛰어다니며 놀았습니다. 소금기를 잔뜩 머금은 찬바람 때문에 뺨은 금방 빨갛게 부어올랐고, 게다가 콧물을 문질러댔기 때문에 트고 맙니다. 아마가사키에 살았을 때는 쉴 새 없이 두리번두리번 움직였던 유이치의 눈이 부드럽고 차분해진 것을, 저는 느긋한 마음으로 바라보았습니다. 재혼하기를 잘했구나, 하고 저는 생각했습니다. 세키구치가에서의 행복한 생활을 한 달에 한 번쯤 좀 과장될 정도로 편지에 써서 어머니에게 알렸습니다. 그런데도 부엌에서 도모코와 함께 설거지를 하면서 목욕탕에서 들려오는 다미오 씨와 유이치의 웃음소리에 귀를 기울이고 있으면, 아아, 저게 당신과 유이치였다면 얼마나 행복할까, 하는 생각을 하게 됩니다. 그렇게 생각하기 시작하자 허리께가 싸악 차가워지면서 뭔가 가만히 있을 수 없는 두려움에 빠져들었습니다. 그것은 그런 생각을 하는 자신에 대해서가 아니라 돌연히 이 세상에서 사라진, 당신이라는 사람에 대한 두려움이었습니다. 왜 죽었을까, 왜 당신은 치이는 순간까지도 계속해서 선로의 한가운데를 걸어갔던 것일까, 대체 당신은 그렇게 해서 어디로 가고 싶었던 것일까. 저는 그릇을 든 손을 멈추고 설거지대 구석에 시선을 떨어뜨리면서, 지금 바로 죽으려고 하는 사람의 그 마음의 정체를 알려고 필사적으로 이리저리 생각했습니다.

설날을 열흘 앞둔, 바람이 유난히 거센 날이었습니다.

보건소에 민박에 관한 서류를 제출하기 위해 저는 유이치를 시아버지께 맡겨놓고 소소기에서 버스를 타고 와지마까지 나갔습니다. 외출할 때는 눈이 옆으로 들이쳤는데 용무를 마치고 보건소를 나설 때는 이미 그쳐 있어서 저는 오랜만에 혼자 큰 양재점에 잠깐 들르거나 화장품 가게에 들어가 자질구레한 물건을 샀습니다. 칠기 점포가 늘어서 있는 좁은 버스길을 와지마 역 쪽으로 걸어가 찻집에서 커피를 마시면서 버스 시간을 기다리고 있었습니다.

서른 전후의 한 남자가 들어와 커피를 주문했습니다. 이 지역 사람이 아니라는 것은 한눈에 알 수 있었습니다. 그런데도 도저히 여행자로는 보이지 않았습니다. 탁자에 놓인 커피를 한 모금도 마시지 않은 채 그 사람은 찻집을 나갔습니다. 제가 그 남자를 마음에 담아둔 것은 그 사람이 심한 사팔뜨기였기 때문입니다. 자전거를 훔쳐온 날 밤, 비비면 비빌수록 심해지던 당신의 눈과 닮았기 때문이었습니다.

남자는 제가 탄 소소기행 버스에 올랐습니다. 체인을 감은 버스는 평소보다 속도를 줄인 채 달렸기 때문에 오카와의 마을들을 빠져나가는 데 한 시간 이상이나 걸렸습니다. 기름기 없는 가지런한 머리의 그 남자는 지친 듯 바다만 바라보았습니다. 정류소에 멈출 때마다 내릴까 말까 망설이는 것처럼 엉거주춤 일어났다가 다시 좌석에 주저앉고는 했습니다. 제가 그 남자에게서 뭔가 심상치 않은 점을 느낀 것은, 이를테면 제 감상 같은 것이었습니다. 이 사람은 여기에 죽으러 온 거다, 라고 저는 생각했던 것입니다.

남자는 소소기 입구를 한 정거장 앞둔 가와라에서 내렸습니다. 내릴 때 사팔눈으로 힐끗 저를 본 것 같았습니다. 저도 서둘러 버스에서 내렸습니다. 그래서 어떻게 하자는 생각도 없이 저는 그 남자의 뒤를 쫓아갔습니다. 한 정거장 전에 내렸으면서도 그 사람은 바다를 따라 난 얼어붙은 길을 소소기를 향해 걸어갔습니다.

바다에 면한 허술한 민가는 바람이나 파도의 물보라를 막기 위한, 이대로 만든 울타리로 둘러쳐져 있었습니다. 거기에 얼음처럼 굳어져 들러붙어 있던 눈이 바다에서 불어오는 돌풍으로 후두두둑 소리를 내며 떨어져 날아갔습니다. 방파제에 부딪치는 파도의 물보라가 머리 위에서 쏟아져 내리고 있었습니다. 지붕에 쌓인 눈이 날아올라, 마치 바로 지금 하늘에서 내리는 것처럼 산기슭을 향해 날아갑니다. 길에는 저와 그 남자밖에 없었습니다. 털장갑을 낀 손으로 머리에 감고 있던 머플러를 누르면서 저는 흠뻑 젖은 채 뒤를 쫓아갔습니다. 그때 아주 시커멓던 하늘도 바다도 파도의 물보라도 파도가 넘실거리는 소리도 얼음 같은 눈 조각도 싹악 사라지고 저는 이슥한 밤에 흠뻑 젖은 선로 위의 당신과 둘이서 걷고 있었습니다. 그것은 아무리 힘껏 껴안아도 돌아다봐 주지 않는 뒷모습이었습니다. 뭘 물어도 무슨 말을 해도 절대 돌아보지 않는 뒷모습이었습니다. 피를 나눈 자의 애원하는 소리에도 절대 귀를 기울여주지 않는 뒷모습이었습니다. 아아, 당신은 그냥 죽고 싶었을 뿐이었구나, 이유 같은 것은 전혀 없어, 당신은 그저 죽고 싶었을 뿐이야. 그렇게 생각한 순간 저는 뒤를 쫓아가는 것을 포기하고 그 자리에 멈춰 서고 말았습니다. 당신은 순식간에 멀어져갔습니다.

문득 정신을 차리고 보니 마쓰모토마루라고 쓰인 어선이 방치되어 있는 모래사장 옆이었습니다. 저는 방파제 사이로 모래사장으로 내려가 조그맣고 하얀 어선 옆으로 걸어갔습니다. 앞으로 상반신을 잔뜩 구부리고 일본해의 돌풍을 뚫고 나아갔습니다. 어선에 기댄 채 넘실거리며 다가오는 시커먼 바다를 보았습니다. 머플러도 코트도 찢겨져 날아갈 것만 같았습니다. 추위도 두려움도 없었습니다. 저는 내버려진 어선에 달라붙은 채 오랫동안 겨울 바다를 바라보았습니다. 바다의 흔들림과 함께 제 몸도 흔들흔들 흔들렸습니다. 아마가사키의 그 터널 나가야로 돌아가고 싶었습니다. 이제 아무래도 좋아, 행복 같은 건 바라지도 않아, 죽는다고 해도 좋아. 뿜어져 올랐다가 흩어져 날아가는 커다란 파도와 함께 그런 생각이 자꾸만 가슴속에서 일어났습니다. 저는 어린아이처럼 큰 소리로 울었습니다. 당신이 죽었다는 것을, 저는 그때 확실히 실감했던 것입니다. 아아, 당신은 얼마나 쓸쓸하고 불쌍한 사람이었을까요. 눈물과 흐느낌, 저는 얼굴을 찡그리면서 언제까지고 울었습니다. 대체 얼마나 거기서 울고 있었을까요. 문득 옆을 보니 다미오 씨가 서 있었습니다. 저는 비명을 지르고 잠시 말도 할 수 없는 상태로 다미오 씨의 찌를 듯한 눈을 보고 있었습니다.

"무슨 일이오. 이런 데서. 응? 대체 어떻게 된 거요?"

다미오 씨는 뒷걸음질치는 제 어깨를 붙잡고,

"어쨌든 집으로 갑시다. 이런 데 있다가는 죽을지도 모르니까."

하고 말했습니다. 시아버지와 유이치는 각로 옆에서 자고 있었습니다. 도모코는 근처 친구 집에서 놀고 있는 듯 보이지 않았습니다. 다미오 씨는 떨고 있는 저를 안 듯이 이층으로 데려가서는 각로의 스위치를 올리고 석유스토브에 불을 붙였습니다. 저는 입가가 마비된 듯 말을 하려고 해도 할 수가 없었습니다. 옷을 갈아입고 각로에 발을 넣고 몸을 웅크렸습니다. 떨리는 몸은 언제까지고 진정되지 않았습니다. 제가 제정신을 차릴 때까지 다미오 씨는 아무것도 묻지 않았습니다. 뜨거운 차를 끓여주었고 제가 그것을 다 마셨을 때,

"이유를 말하지 않으면 알 수가 없잖소."

하며 매섭게 노려보았습니다. 제가 입을 다물고 있자,

"이 집이, ……싫소?"

하고 온화한 말투로 물었습니다. 저는 고개를 옆으로 젓고, 그래도 뭐라 설명해야 좋을지 여러모로 생각했습니다.

"바다를 보고 있었더니 그냥 슬퍼져서요."

가까스로 입을 연 저를 노려보는 다미오 씨의 눈은 그때까지 한 번도 보여준 적이 없는 험악한 것이었습니다.

"춥기도 하고 슬프기도 하고, 그냥 저도 모르게 눈물이 나왔던 거예요."

"왜, 그런 곳에 숨어서 바다를 보고 있었던 거요?"

왜 그때 그런 말이 입에서 나온 것일까요? 저는 한참 다미오 씨를 노려본 뒤,

"전 부인과 저 중에 누가 더 좋아요?"

제가 생각해도 놀랄 만큼 교태를 섞어 속삭였습니다. 다미오 씨의 눈에 안도의 빛이 스쳤습니다. 그리고 결혼한 이후 처음으로 거칠게 덤벼들었습니다. 어떻게 어선 너머에 숨어 있는 저를 찾을 수 있었는지 물어보고 싶었지만, 저는 그냥 입을 다물고 갈색으로 변색된 다다미 바닥만 계속해서 응시하고 있었습니다.

혹독한 겨울이 지나고 짧은 봄도 지나 드디어 관광객들이

붐비는 5월에 접어들었을 무렵 저희는 민박을 열고 첫 손님을 맞이했습니다. 오사카에서 찾아온 세 명의 대학생이었습니다. 그것을 시작으로 황금연휴 중에는 쉴 새 없이 바빴습니다. 처음부터 여름에만 영업을 할 생각이었으므로, 그 외의 날에 찾아오는 숙박객은 고맙기도 하고 성가시기도 하고, 어쨌든 응대하는 데는 애를 먹게 됩니다. 마음의 준비를 하고 있을 때는 온 식구가 아래층에서 생활하지만 갑자기 손님이 찾아올 때는 서둘러 이층을 치우지 않으면 안 되기 때문입니다. 돈을 받는 만큼 그만한 음식을 내지 않으면 미안하기 때문에 다미오 씨가 살짝 생선을 가져다주기도 합니다. 그렇게 해서 여름이 왔고, 9월 중순까지는 숙박객이 계속해서 찾아왔습니다. 그해에 찾아온 손님이 다른 손님을 소개해주기도 해서 이듬해에는 식구들이 잘 방이 없을 정도로 손님이 든 날도 있었습니다. 일 년이 지나고 이 년이 지나자 제대로 된 식기나 이불도 갖추어졌고, 저도 손님들을 접대하는 방법을 알게 되었으며, 어디서 어떻게 돈을 벌면 되는지 순간적으로 계산이 서게 되었습니다.

작년 가을, 동생 겐지의 결혼식에 참석하기 위해 저는 도모코와 유이치를 데리고 이 년 반 만에 아마가사키로 돌아갔습니다. 처음에는 다미오 씨도 함께 갈 예정이었지만 아무래도 시아버지 혼자 두고 갈 수는 없다는 것으로 이야기가 모아져 그렇게 되었습니다.

"편지를 부지런히 보내주니까 난 안심하고 있었다. 유이치, 내년에는 초등학교에 들어가겠구나, 정말 많이 컸다."

새로 이사한 맨션의 방 하나를 차지하고 어머니는 마음 편히 살고 있는 것 같았습니다.

"겐지, 경기가 참 좋은 모양이구나. 이렇게 방이 많은 맨션을 다 얻고."

"마누라가 피아노 선생을 하는데 학생이 서른 명이 넘는단다. 겐지보다 수입이 더 많아."

방에 놓여 있는 커다란 피아노를 가리키며 어머니는 약간 불만인 듯이 웃었습니다.

"애들이 치는 서툰 피아노 소리를 하루 종일 듣고 있어 봐라, 머리가 다 이상해질 정도라니까."

저는 결혼해서도 어머니를 모시고 사는 겐지의 처가 정말 고마웠습니다.

"식을 올리기 한 달이나 더 전부터 함께 살고 있단다. 요즘 젊은 사람들은 세상의 순서 같은 건 신경도 쓰지 않으니까.

……아, 그보다 유미코, 이제 안심해도 되는 거 맞지?"

"응, 안심해도 돼."

어머니는 기쁜 듯했습니다. 도모코의 얼굴을 쓰다듬으며,

"할머니야. 넌 내 손녀고."

몇 번이고 몇 번이고 그렇게 말하며 웃었습니다.

이튿날 결혼식이 끝나고 나서 저는 옛날에 살았던 터널 나가야가 있던 곳에 가보았습니다. 이 년 반 전, 아마가사키를 떠날 때는 아직 그대로 남아 있던 터널 나가야도 철거되어 주차 시설이 되어 있었습니다. 저는 혼담을 주선해준 집주인 부부에게 인사를 한 뒤 유이치와 도모코를 데리고 공원 옆의 찻집으로 들어갔습니다. 당신이 가끔 들렀던 가게입니다. 조금도 변하지 않은 점포의 구조를 보았을 때 문득 정겨워졌기 때문입니다. 뽀글뽀글 파마머리를 한 젊은 점장은 저를 보고 깜짝 놀라 옆으로 다가왔습니다. 그는 제가 재혼했다는 것을 알고 있었고, 아주 반가워하면서 당신에 대한 추억담을 꺼냈습니다.

"그날 여덟 시쯤 이 가게에 와서 커피를 마셨어요."

"……그날이라면?"

"저기, 죽은 날 말이에요. 일을 끝내고 여기까지 돌아와서

커피를 마시러 들렀어요."

"……아."

"특별히 평소와 다르지 않았으니까, 이튿날 신문을 보고 정말 깜짝 놀랐어요. 카운터에 앉아 우리가 하는 바보 같은 얘기를 빙긋빙긋 웃으면서 듣고 있었으니까요."

"여기까지 돌아왔었다구요?"

저는 무심코 그렇게 되물었습니다. 당신이 그날 밤 집 근처까지 와서 커피를 마셨다니, 생각지도 못한 이야기였습니다.

"깜빡 하고 돈도 없이 들른 것 같았는데, 금방 가져온다고 해서 다음에 올 때 줘도 된다고, 그렇게 말했어요."

"저런, 그럼 그 사람 커피 값은 아직도 안 낸 거네요?"

"점장님, 미안해요, 다음에 가져올 테니까 외상으로 달아 둬요, 그렇게 말하고 돌아갔으니까 그날 밤에 자살했다는 걸 알았을 때는 정말 꿈을 꾸는 것 같았다니까요."

당신이 외상으로 달아놓았다는 돈을 제가 지불하려고 하자 점장은,

"아니에요, 그럴 생각으로 말한 게 아니에요. 그런 걸 이제 와서 받을 생각 같은 건 추호도 없어요. 필요 없어요, 필요 없어요. 전, 절대 받을 수 없어요."

하며 손을 내저었습니다.

저는 소소기로 돌아가는 열차 안에서, 그날 밤 집 근처까지 돌아온 당신이 거기에서 선로의 한복판으로 향했던 그 길을 계속해서 생각했습니다. 당신은 찻집을 나갈 때까지는 죽을 생각 같은 건 하지 않았어요. 그랬다는 보증은 아무것도 없는데 저는 어떤 이상한 확신을 갖고 그렇게 생각했습니다.

그렇다면 찻집을 나선 뒤 당신에게 무슨 일이 일어난 걸까요? 저는 생각이 떠오르는 대로 몇 가지 상상을 하고, 한 사람의 인간이 죽으려고 결심하기에 이르는 다양한 이유를 맞춰보았습니다. 하지만 그 모든 것이 당신과는 아무래도 잘 맞춰지지가 않았습니다. 그때까지 생각지도 못했던 그날 밤 당신의 행동이 어떤 간격까지 좁혀진 것으로 생각한 것은 착각이었고, 거기에서 선로의 한가운데까지 두 시간 정도의 시간은 오히려 도저히 영문을 알 수 없는 공동空洞 같은 것이 되어 갔습니다.

그해는 12월 3일에 첫눈이 왔습니다. 눈은 밤중부터 내리기 시작하여 동틀녘에 그쳤습니다. 저는 문득 눈을 뜨고 머리맡의 시계를 보았습니다. 여섯 시가 조금 넘은 시간이었습니다. 봄이나 여름이라면 집 뒤쪽이나 바닷가 쪽에서 밭일이나 작은 배를 타고 고기를 잡으러 나가는 사람들의 기척이 흘러 들어오겠지만, 11월이 지나면 쥐 죽은 듯 조용합니다. 그런데 그날은 집 옆으로 바다를 향해 걸어가는 느긋한 발소리가 들려왔습니다. 뽀드득뽀드득 쌓인 눈을 밟는 소리였으므로 저는 첫눈치고는 많이 내렸구나, 하고 비몽사몽간에 생각했습니다. 대체 이곳은 어디일까, 하고 고개를 갸웃거리고 싶어질 만큼 파도 소리도 북풍 소리도 들리지 않았습니다.

저는 일어나 석유스토브에 불을 붙이고 다미오 씨의 카디건을 걸치고 덧문을 열었습니다. 한겨울이라고는 생각되지 않는 화창한 아침놀이 늪처럼 고요해진 바다를 비추고 있었습니다. 아침놀에 물들어, 불타는 숯불이 전면에 깔린 듯한, 눈으로는 보이지 않는 시뻘건 첫눈이 길에도 지붕에도 방파제에도 모래사장에도 쌓여 있었습니다.

발소리의 주인은 도메노댁이었습니다. 우시쓰로 가는 국도에서 오솔길로 안쪽으로 들어간, 비늘 모양의 판자를 댄 창고에 살고 있는 중년 여성입니다. 그녀의 남편은 바로 얼마 전에 계절노동으로 돈을 벌러 오사카로 나갔습니다. 코딱지만 한 논에서 자신들이 겨우 먹을 만큼의 벼농사를 짓고, 바다가 잔잔한 날이면 가끔 엔진이 달린 작은 배를 타고 앞바다로 나가 농어나 감성돔을 잡아와 돈으로 바꾸었습니다.

도메노댁이 고기를 잡으러 나갈 정도이므로 오늘은 바다가 잔잔한 모양이구나, 하고 저는 생각했습니다. 도메노댁은 신중해서 바다가 거칠어질 염려가 있는 날에는 절대 배를 띄우지 않았습니다. 게다가 마을 노인들조차 인정하며 경의를 표할 정도로 눈이나 바람의 상태를 보고 그날의 날씨를 예측하는 능력이 탁월했습니다. 마치노 강의 물이 흘러드는 곳에는 작은 모래언덕이 있는데, 도메노댁의 배는 거기에 있었습니다. 단단히 옷을 챙겨 입고 눈이 쌓인 모래언덕을 걸어가는 도메노댁은 시뻘건 아침놀이 그 테두리를 채색하고 있어 뭔가 엄숙한 분위기를 띠고 있었습니다. 저는 에는 듯한 냉기도 잊고 정신없이 도메노댁을 바라보고 있었습니다.

덧문으로 내다보는 저를 알아본 도메노댁은 멈춰 선 채 뭐라고 소리쳤습니다. 제가 되묻는 몸짓을 하자,

"게를 잡아올 건데 안 살 거야?"

하며 다시 한 번 소리쳤습니다. 도메노댁이라면 싸게 팔 테니까 저는 사겠다는 뜻으로 고개를 끄덕이며 손가락 세 개를 들어보였습니다.

"세 마리. 알았어, 세 마리면 되는 거지?"

저는 완전히 잠이 깨버려서 그 자리에서, 엔진 소리를 울리며 앞바다로 나가는 도메노댁의 배를 바라보았습니다. 해가 뜨기 시작하고 급격하게 붉은 기가 엷어져가는 해면에는 반짝반짝 빛나는 것이 나타났습니다. 그것은 평소보다 훨씬 넓은 범위에서 반짝이기 시작했습니다. 하얀 파도는 하나도 보이지 않았습니다. 바람이 없는 잔잔한 바다 한가운데에 금색 가루와 같은 빛이 떠 있었습니다. 곧 도메노댁의 배는 그 빛과 같아져버렸습니다.

"이봐, 문 좀 닫아. 방 안에 고드름이 달리겠어."

다미오 씨의 말에 저는 덧문을 닫고 다시 이불 속으로 기어들었습니다.

"눈이 많이 쌓였어요."

"눈을 보면서 또 누구하고 비밀 이야기를 한 거야?"

저는 가슴이 철렁하여,

"누구냐니요, 누구요?"

하고 물어보았습니다. 다미오 씨는 몸을 뒤쳐 제 쪽으로 돌리고는 살짝 웃으면서,

"그거야 나도 모르지."

했습니다. 오랫동안 졸린 눈으로 저를 쳐다보았습니다. 깜

박하지도 않는 멍한 눈이 점점 빛이 돌더니 이부자리 안에서 손을 살금살금 움직이며 제 잠옷의 이음매를 만지작거리기 시작했습니다. 제 엉덩이를 어루만지며 "찾았다" 하고 속삭였습니다.

"……뭘, 찾았다는 거예요?"

"여기에도 주근깨가 있었어. 젊은 아가씨 같은 엉덩이야."

"거짓말. 그런 데는 주근깨 같은 게 없어요."

"거짓말이 아냐. ……몰랐어?"

"그럴 리가요, 전혀 몰랐어요."

그대로 다시 슬슬 시작할 것 같은 기미였으므로 저는 다미오 씨의 손을 밀치며 일어났습니다.

"전 어렸을 때부터 가끔 혼잣말을 하는 버릇이 있어요. ……그래서 엄마한테 여러 번 혼났어요."

"무슨 생각을 하는지, 통 알 수가 없는 여자야. ……얼굴빛이 희면 못생겨도 예쁘게 보인다잖아."

아주 집요하게 저를 가까이 오게 하려는 다미오 씨를 뿌리쳤을 때 덧문이 달그락달그락 울리기 시작했습니다.

아침밥을 준비하는 동안에도 바람은 점점 더 강해져 여느 때의 해명이 지축을 흔들 듯이 닥쳐왔습니다. 해변의 눈이 벗겨져 올라 몇 장의 얇은 종이처럼 마을을 향해 날아왔습니다.

저는 도메노댁이 마음에 걸렸고 시계가 이삼 미터밖에 안 되는 바다를 부엌의 조그만 창으로 주시했습니다. 파도가 바위에 부딪혀 하얗게 치솟는 무수한 물보라가 작고 맹렬한 회오리가 되어 짙은 납빛 하늘로 빨려 들어갔습니다. 그렇게 잔잔하던 바다가 한순간에 이렇게까지 돌변하다니 믿을 수가 없었습니다. 걱정스러워하는 제 모습을 보고 시아버지께서,

"괜찮을 거다. 도메노는 불사신이야. 헤엄을 쳐서라도 돌아올 여자지."

하고 말씀하셨습니다. 그래도 그 얼굴에서는 웃음기가 사라졌습니다. 다미오 씨는 외출할 때 어업조합의 사무소에 들러 도메노 씨가 작은 배로 게를 잡으러 나갔다는 것을 보고했습니다. 모여 있던 노인들은 서로 얼굴을 마주보며,

"이런 바다라면 손쓸 방도가 없겠는걸."

하며 큰 소란이 일어났다고 합니다. 어쨌건 폭풍이 멎기를 기다릴 수밖에 없었습니다.

폭풍은 저녁이 되어도 가라앉지 않았습니다. 저는 소소기의 바다라고는 생각되지 않던 오늘 아침의 그 평온한 아침놀을 떠올리며, 도메노댁의 배가 한 줌의 빛이 되어 사라져간

모습을 마음속에 그리고 있었습니다. 그 무렵에는 모래사장에 쌓여 있던 눈은 바람에 흔적도 없이 사라졌고, 무시무시한 파도의 물보라를 뒤집어쓰고 군데군데 얼어붙어 있던 눈만 회색 혈관처럼 들러붙어 있었습니다.

그때 오타니에서 와지마로 가는 버스가 멈췄고 도메노댁이 내렸습니다. 저는 꿈을 꾸고 있는 기분으로 바깥으로 달려 나가 그 사람이 확실히 도메노댁이라는 것을 확인하고는 어업조합의 사무소까지 뛰어갔습니다.

너무 많은 노인에게 둘러싸였으므로 도메노댁은 깜짝 놀라 한동안 무슨 말부터 해야 할지 모르는 것 같았습니다.

"앞바다에 나가기는 했는데 너무나 조용해서 점점 이상한 예감이 들기 시작하는 거예요. 분명히 무슨 일이 일어나겠구나, 그런 느낌이 오더라구요. 그래서 저는 그런 기색이 보이지 않을 때 서둘러 배를 돌리기 시작했어요. 깜빡 속을 뻔했지 뭐예요. 그만큼 빨리 알아챘는데도 마우라의 갯바위에 댈 여유조차 없을 정도였으니까요. 마우라에 간 김에 친척집에 들러, 바람이 멎기를 기다리는 버스가 출발할 때까지 잠깐 쉬었다 왔어요."

"역시 도메노야, 이 바다의 정체를 잘 알고 있거든." 이렇게 말하며 노인들은 제각각 칭찬을 늘어놓거나 놀리거나 했습니다. 도메노댁은 제 얼굴을 보더니 손에 들고 있던 비닐봉지를 불쑥 내밀며,

"당신 건 잡아왔어."

하며 시치미를 뗀 얼굴로 말했습니다. 저는 어안이 벙벙하여 세 마리의 게를 받아들고는 술 냄새가 진동하는 조합 사무소를 뛰어나와 휘몰아치는 눈보라를 맞으며 집으로 돌아왔습니다.

게값을 지불하지 않았다는 사실을 깨닫고 저는 저녁밥을 먹고 난 후 도메노댁을 찾아갔습니다. 눈길은 걸을 때마다 유리가 깨지는 듯한 소리가 났습니다. 창고의 작은 창으로 빛이 새나왔습니다. 비늘 모양의 판자를, 말려둔 감이나 무가 둘러싸고 있었습니다. 입구의 문을 두드리자,

"누구세요, 열려 있어요."

하는 도메노댁의 커다란 목소리가 들려왔습니다.

이렇게 추운데 여기까지 일부러, 하며 도메노댁은 돈을 건네고 총총히 돌아가려는 저에게 따뜻한 물을 주었습니다.

"전 남편은 왜 죽었어?"

저는 그때까지 이런저런 사람으로부터 그런 질문을 받았고

그때마다 입에서 나오는 대로 대충 둘러댔지만 무뚝뚝한 도메노댁의 큰 소리에 맞춰 무심코,

"자살했어요. 전차에 치어서."

하고 대답하고 말았습니다.

"아이구, 거 참 힘들었겠네."

도메노댁은 잠깐 뭔가를 생각했습니다. 눈썹은 팔자인데 눈이 치켜 올라가 그것이 얼굴 한가운데서 마름모꼴의 짙은 선처럼 되어 있었습니다. 그래서 도메노댁의 얼굴은 얼핏 보면 부드러운 사람인지 심술궂은 사람인지 짐작할 수가 없습니다.

"세키구치 다미오 씨도 요시에 씨를 병으로 잃고 참 불쌍했지. 죽은 요시에 씨는 여기서 가까운 데라치 아가씨였어. 다미오 씨는 계속 오사카에서 살 생각이었지만 요시에 씨와 결혼하기 위해 소소기로 돌아왔지. 사랑하는 아내였는데 젊어서 죽어 참 힘들었을 거야."

저는 집으로 돌아와서는 유이치와 도모코를 목욕탕으로 들여보냈습니다. 뭐가 사랑하는 아내야, 하고 저는 생각했습니다. 그렇게 사랑하는 아내를 잃었으면서 왜 또 나 같은 여자를 후처로 들인 거야.

"엄마 엉덩이에 주근깨 있니?"

저는 욕조에서 일어나 도모코의 얼굴에 엉덩이를 들이댔습니다. 도모코는 잠시 찾아보더니,

"있어, 있어. 여기 잔뜩 있어."

하며 허리에서 엉덩이의 갈라진 지점을 짚었습니다. 그러고 나서 거울 두 개를 가져와서 요리조리 각도를 바꿔가면서 저에게 보여주려고 했습니다. 그렇지만 거울은 곧 김이 서려 저에게는 보이지 않았습니다.

"전에는 없었는데, 참 이상하네."

그러자 도모코는 제 눈 밑의 주근깨와 엉덩이의 주근깨를 몇 번이나 비교해보고 나서,

"엄마, 엉덩이의 주근깨와는 달라. 이건 기미야."

하고 놀렸습니다. 저는 웃으면서, 와지마에 도착한 날 꾸뻑 머리를 숙이며 '와주셔서 감사합니다' 하고 인사하던 도모코의 얼굴을 문득 떠올렸습니다. 탕에서 나와 유이치의 몸을 닦아주고 있으니 도모코가 다시 욕조로 들어왔습니다. 그리고 이걸 사달라, 저게 갖고 싶다, 하며 은근히 조르기 시작했습니다. 제 기분이 좋지 않다는 것을 알고 도모코는 이야기를 도중에 그만두고 슬금슬금 나가려고 했습니다.

"머리를 잘 말리고 나서 이불 속으로 들어가는 거야."

저는 도모코의 등을 찰싹 쳤습니다.

그날 밤 다미오 씨는 술에 취해 늦게 들어왔습니다. 폭풍은 잦아들었지만 한겨울의 소소기 해안은 눈이 섞인 파도와 바람에 뒤덮입니다. 귀청을 찢는 듯한 해명도 그 한복판에서 살고 있는 사람에게는 이미 소리가 아닙니다. 그저 익숙해진 평범한 소리 같은 것으로, 저는 조금도 신경 쓰지 않고 잠을 잘 수 있게 되었습니다.

"그렇게 술 마시고 운전하면 위험하잖아요."

그렇게 얘기하는데도 잠옷으로 갈아입지 않고 그대로 이불로 파고드는 다미오 씨를 흔들면서, 저는 도메노 씨의 말을 떠올렸습니다. '사랑하는 아내'라는 말이 묘하게 마음에 들러붙어 떨어지지 않았습니다. 저는 죽은 부인에 대해 질투하고 있는 자신을 도저히 억누를 수 없었습니다. 이불을 벗기고 다미오 씨를 앉혀놓고 "거짓말쟁이!" 하고 외쳤습니다. 그런 식으로 발끈할 때의 여자의 마음이란 여자인 저조차 제대로 설명할 수 없을 것 같습니다.

"당신, 아버님을 혼자 둘 수는 없으니까 마지못해 소소기로 돌아왔다고 했죠?"

"……응, 그랬지."

"전 들었어요. 당신은 전 부인과 결혼하고 싶어서 오사카에서 이곳으로 돌아왔다고 하던데요. 사랑스러운 아내였다면서요. 그런 소중한 부인을 잃었으면서 왜 또 저 같은 여자를 후처로 들인 거예요?"

다미오 씨가 한 대 얻어맞은 모양으로 멍하니 있었기 때문에 저는 점점 더 발끈하여 무심코 이렇게 말했습니다.

"제가 늘 누구랑 비밀 이야기를 하고 있는 것 같아요?"

"……누구랑, 하는 건데?"

"당신이랑, 도모코랑, 아버님이랑 얘기하는 거예요."

그러고 나서 자신의 거짓말을 덮어 감추는 것처럼,

"전 열심히 이 집 사람이 되려고, 정말 열심히 비밀 이야기를 하면서 생각하는데, 당신은 사랑스러운 아내와 결혼하고 싶어서 일부러 소소기로 돌아왔다구요? 당신은 거짓말쟁이예요. 저를 속였어요."

하고 종잡을 수 없는 말을 외쳤습니다. 다미오 씨는 킥킥 웃으며 갓난아기를 어르듯이,

"됐어, 그 이야기는 내일 하기로 하지. 그런 무서운 이야기는, 제발 내일 하자고." 하고 속삭이며 이불을 머리까지 뒤집

어 써버렸습니다. 그것으로 조용해진 제가 마음에 걸렸는지 다미오 씨는 이불을 뒤집어쓴 채,

"왜 그래, ……자는 거야?"

하고 물었습니다. 그 순간 그때까지 한 번도 입 밖에 내지 않았던 말이 스르륵 제 안에서 미끄러져 나갔습니다.

"전 그 사람이 왜 자살했는지, 왜 레일 위를 걷고 있었는지, 그 생각을 하기 시작하면 더 이상 잠을 잘 수 없게 돼요. …… 저기, 당신은 왜라고 생각해요?"

다미오 씨는 잠자코 있었습니다. 이불 속으로 기어 들어가 있었기 때문에 어떤 얼굴을 하고 있는지도 알 수 없었습니다. 저는 잠옷으로 갈아입고 이불 속으로 들어갔습니다. 꽤 긴 시간이 지나고 자신이 그런 질문을 했다는 것조차 잊어먹었을 무렵, 다미오 씨가 불쑥 말했습니다.

"사람은 혼이 빠져나가면 죽고 싶어지는 법이야."

"……혼?"

다미오 씨는 이불 속에서 얼굴만 간신히 내밀고 그대로 숨소리를 내기 시작했습니다.

저는 눈을 감고 세 사람의 숨소리를 듣고 있었습니다. 터널 나가야 시절부터 소소기의 어촌으로 돌아온 긴 시간의 변천

을 생각했던 것입니다. 당신을 잃어버린 슬픔은 저 자신조차 몸이 떨릴 정도로 이상한 것으로, 그것은 언제까지고 언제까지고 꼬리에 꼬리를 물고 있었습니다. 타인의 억측이 미치지 못하는, 아무런 이유도 발견되지 않는 자살이라는 형태로 사랑하는 사람을 잃어버린, 발을 동동 구를 만한 분함과 슬픔이 가슴속에 서리어 있었습니다. 그리고 저는 그 분함과 슬픔 덕분에 오늘까지 살아올 수 있었습니다. 정신을 차리고 보니 그것을 위한 각별한 노력이나 궁리를 한 것도 아닌데 다미오 씨와 도모코는 이제 저에게 없어서는 안 될 사람이 되었습니다. 저도 유이치도, 자신도 모르는 사이에 세키구치 집안 사람이 다 된 것입니다. 저는 당신의 뒷모습에 말을 거는 것으로, 위태롭게 시들어버릴 것 같은 자신을 지탱해왔는지도 모릅니다.

당신의 뒷모습이 떠올랐다가 사라지고 사라졌다가 떠올랐습니다. 그때 제 마음에는 불행이라는 것의 정체가 비쳤습니다. 아아, 이것이 불행이라는 것이구나, 저는 당신의 뒷모습을 보면서 확실히 그렇게 생각했습니다.

저는 어느덧 꾸벅꾸벅 졸며 따뜻한 바다에 떠 있는 기분이 되어 있었습니다. 그것은 이십몇 년 전 경찰이 집의 다다미를 들추고 방바닥을 판 날, 어머니의 무릎을 베고 누워 있었을 때의 그 신기한 안도감과 같은 것이었습니다. 저는 거친 바다가 울부짖는 소리도, 덧문이 심하게 흔들리는 소리도, 비 개인 레일 위를 터벅터벅 걸어가는 당신의 뒷모습도 멀리 밀쳐두고 깊은 안도감 속에 누워 있었습니다.

다시 겨울이 지나고 봄이 찾아왔습니다. 유이치도 초등학교에 들어갔습니다.

대체 무슨 생각에서 다미오 씨가 그런 말을 했는지, 그 후 확인해보지는 않았지만 저는 확실히 이 세상에는 사람의 혼을 빼가는 병이 있다고 생각하게 되었습니다. 체력이라든가 정신력이라든가 하는 그런 표면적인 게 아닌 좀 더 깊은 곳에 있는 중요한 혼을 빼앗아가는 병을, 사람은 자신 안에 키우고 있는 게 아닐까. 절실하게 그런 생각을 하게 되었습니다.

그리고 그런 병에 걸린 사람의 마음에는 이 소소기 바다의 그 한순간의 잔물결이 비할 데 없이 아름다운 것으로 비칠지도 모릅니다. 봄도 한창이어서 짙은 초록으로 변한, 거칠어지기도 하고 잔잔해지기도 하는 소소기 바다의 모습을 저는 넋을 잃고 바라봅니다.

◇

자 보세요, 또 빛나기 시작합니다. 바람과 해님이 섞이며 갑자기 저렇게 바다 한쪽이 빛나기 시작하는 겁니다. 어쩌면 당신도 그날 밤 레일 저편에서 저것과 비슷한 빛을 봤는지도 모르겠습니다.

가만히 시선을 주고 있으니 잔물결의 빛과 함께 상쾌한 소리까지 들려오는 것 같습니다. 이제 그곳만은 바다가 아닌, 이 세상의 것이 아닌 부드럽고 평온한 일각처럼 생각되어 흔들흔들 다가가고 싶어집니다. 그렇지만 미쳐 날뛰는 소소기 바다의 본성을 한 번이라도 본 적이 있는 사람이라면, 그 잔물결이 바로 어둡고 차가운 심해의 입구라는 것을 깨닫고 제정신을 차릴 것임에 틀림없습니다.

아아, 역시 이렇게 당신과 이야기를 하고 있으니 기분이 좋네요. 이야기를 시작하면 가끔 몸 어딘가에서 찡하니 뜨거운 아픔이 일어 기분이 좋습니다.

시아버지의 가래 섞인 기침 소리가 들려옵니다. 배가 고프면 저렇게, 이층에서 농땡이를 피우고 있는 저에게 알려주는 겁니다. 뭘 떠올리고 있는 건지, 툇마루에 앉아 싱글싱글 웃으면서 하루 온종일을 보내고 있습니다.

이제 슬슬 유이치도 학교에서 돌아올 시간이네요.

밤 벚꽃

한큐 전차의 미카게 역에서 내린 아야코는 한적한 주택지의 언덕길을, 봄바람의 희롱을 받으며 터벅터벅 오르고 있었다. 화창한 길에 활짝 핀 벚꽃이 소리 없이 지고 있었다.

기모노의 오비帶를 너무 심하게 졸라 명치께가 답답했다. 아야코는 이제 곧 쉰이 된다. 남편과 헤어진 지 대략 이십 년이 되었고, 외아들 슈이치를 사고로 잃은 지도 이제 일 년이 다 된다.

경사가 심한 언덕길에 멈춰 서서 뒤를 돌아보자 바다가 눈에 들어왔다. 고베의 바다는 봄 안개 속에서 은판처럼 반짝이고 있었다. 아무리 마음이 즐거울 때도 아야코는 여기서 보이는 바다를 행복한 마음으로 바라본 적이 없다. 예항되는 대형 여객선이나 화물선을 바라보면 이상한 쓸쓸함이 일어 잠시 언덕길에 멈춰 선 채 먼 바다를 바라보게 되고 만다. 아야코의 집은 언덕길을 백 미터쯤 더 올라간 곳으로, 어떤 은행장의 저택과 독일인 무역상의 양옥집 사이에 있다. 결혼한 지 이 년째 되는 해에 몰락한 투기꾼에게서 싼값에 양도받은 것인데, 노송나무로 지은 이층집으로 키가 큰 정원수로 둘러싸인, 정원이 넓은 집이다.

살짝 왼쪽으로 눈을 주면 롯코 산지가 다가온다. 유료도로를 올라가는 자동차가 콩알만 해지며 녹음 속으로 사라졌다. 가끔 어디에선가 아이들의 환성이 들려올 뿐, 아무 소리도 들리지 않는 언덕길이다. 아야코는 다시 걷기 시작했다. 바람에 흩날리는 벚꽃이 성가셨다. 안면이 있는 여학생이 앞쪽에서 다가와 지나칠 때 웃으면서,

"손님이 오신 것 같던데요."

하고 알려주었다. 발걸음이 빨라졌으므로 숨이 찼고, 목덜미나 등에 땀이 배어 나왔다. 길을 오른쪽으로 돌자 집 앞에 서 있는 야마오카 유조의 모습이 보였다. 헤어진 남편이다.

"죄송해요. 잠깐 우메다의 백화점에 들렀다 오느라……."

유조와는 작년 슈이치의 장례식 때 이십 년 만에 대면했다. 오칠일, 사십구재에도 찾아와서 세상 돌아가는 이야기를 하다 돌아갔다. 고베에서 선박운송 회사를 운영하고 있고, 아야코보다 세 살 위다.

"이건 뭐요?"

유조가 문기둥에 붙은 종이를 손으로 가리켰다. 아야코가 외출할 때 붙여놓은 것으로 '하숙인 구합니다. 단 학생에 한함. 보증인 요' 라고 쓰여 있다.

"이층이 놀고 있는 것 같아서요……."

"……돈이 궁한 거요?"

유조는 살짝 눈살을 찌푸리며 아야코에게 물었다. 아야코가 잠자코 있으니,

"이런 일 하지 말고, 나한테 말하면 되잖소."

하며 엄한 눈으로 쏘아보았다.

"그런 게 아니에요. 여자 혼자는 위험하기도 하고, 누군가 동거인이 있으면 그래도 시름을 잊을 수 있지 않을까 해서요."

"요즘 학생들 중에는 이상한 놈이 많으니까 오히려 더 위험하겠지."

"그럴까요?"

집으로 들어가자 아야코는 뜰에 면한 방으로 유조를 안내했다. 전에는 객실로 사용했지만 슈이치가 죽은 후 아야코는 이 방에서 생활하고 있다. 아야코가 툇마루의 커다란 유리문을 열자 유조는 그 옆에 서서 뜰의 벚꽃을 보고 있었다.

"활짝 피었군."

"올해는 작년보다 닷새쯤 이른 것 같아요."

슈이치가 죽은 것은 뜰의 벚꽃이 한창인 날이었다. 4월 10일이었다.

"여기 벚꽃은 특별히 볼 만해."

확실히 유조의 말대로 다른 집 벚꽃보다 아야코 집의 벚꽃이 색으로 보나 꽃의 수로 보나 특별히 빼어나다. 넓은 정원 한가운데에 벚꽃나무 거목이 세 그루, 가지와 가지가 서로 얽히듯이 우뚝 솟아 있다. 전쟁이 끝난 후 유조의 아버지가 투기꾼으로부터 양도받았을 때 이미 세 그루의 벚꽃나무가 있었다.

"우리 집 벚꽃은 피어도 궁상스럽거든."

아야코는 한시라도 빨리 오비를 풀고 편한 옷으로 갈아입고 싶었으나 손님이 유조라서 오히려 신경을 쓰고 있었다. 장례식 날도 사십구재 때도 아야코 쪽 친척들이 있었으므로 아야코는 오늘에야 정말 이십 년 만에 예전의 남편과 단 둘이 있게 된 것이다. 아야코가 내민 방석 위에 책상다리를 하고 앉더니 유조가 말했다.

"슈이치의 일주기 말인데, 내가 다 낼 테니까 당신은 걱정하지 않아도 돼."

하대하려다 말고 서둘러 당신이라고 고쳐 말한 유조의, 거의 새하얘지고 있는 뻣뻣한 머리카락을 보고 있으니 아야코는 지금까지 이십 년 동안이나 억눌러온 것이 서서히 뿜어져 나오는 것 같았다. 그래서 다다미에 앉은 채 가만히 뜰의 벚꽃에 눈을 주고 있었다. 가득 담은 나무 바구니에서 내용물이 흩어지며 쏟아지는 것처럼, 꽃은 봄빛과 함께 땅바닥으로 떨어지고 있었다.

"옆집 독일 사람, 아직 살아 있나?"

"예, 올해 여든이라고 하는데, 아주 정정해요. 맨 아래 손자가 일본 사람과 결혼했는데 그게 마음에 들지 않는다고 아주 난리가 났었나 봐요."

"남의 나라에 와서 저렇게 대단한 집안의 주인이 되었으니 좀 완고하기는 하겠지."

"일은 잘 되세요?"

아야코가 유조에게 물었다.

"경기가 안 좋아. 세상이 불경기니까 어쩔 수 없지. 늘 열 시쯤까지는 회사에서 일해."

"그래도 젊은 여자와 놀 시간은 잘 챙기겠지요?"

아야코는 웃는 얼굴로 빈정거려보았다.

"그럴 힘이 아직까지 있겠어?"

그렇게 대답하고 나서 유조는 쓸쓸한 듯한 얼굴로 헤어진 아내를 바라보았다.

"슈이치가 먼저 죽을 줄 알았다면 당신과 헤어지지는 않았을 거야. 돌이킬 수 없는 일을 해버렸어……."

이와 아주 비슷한 말로, 이십몇 년 전 아야코는 유조로부터 결혼 신청을 받았다. 당시 스물다섯 살이었던 유조는 고베의 기타노초에 있던 회원제 레스토랑에서 아야코에게 열정적으로 속삭였다. 외국인이 경영하는, 당시로서는 아주 드문 고급 가게였다.

"군대만 가지 않았다면 좀 더 빨리 결혼 신청을 했을 거야. 설사 군대 가서 죽는다 하더라도, 그래도 내 사람으로 해두는 거였는데. 돌이킬 수 없는 일을 해버렸어. 계속 그런 생각을 해왔거든…….”

그 말을 또렷이 떠올리자 아야코는 우스꽝스러워졌다. 한국전쟁이 시작되고 유조의 아버지가 경영하는 선박운송 회사는 돈을 쓸어 담고 있었다. 아야코와 헤어진 지 이 년이 되던 해에 유조는 세상을 떠난 아버지의 뒤를 이었다.

"지금까지 이야기할 기회가 없었는데, 아버지는 당신 걱정을 많이 했어. '좋은 남자를 만나 결혼한다면 나도 어깨의 짐을 내려놓을 수 있을 텐데…….', 돌아가시기 직전까지 그렇게 말씀하셨지."

시아버지의 은발과 수척한 몸이 떠올랐다. 두 사람의 이혼을 막으려고 이곳 미카게 집의 봉당에서 무릎을 꿇고 아야코에게 사죄까지 한 시아버지다. 그때 아야코는 울면서, 아이가 싫다고 도리질을 하는 것처럼 외치고 말았다.

"제 눈으로 보지 않았다면 참을 수 있을 거예요. 그런데 전 눈앞에서 봐버렸어요. 다른 여자를 안고 있는 유조 씨를요, 제 눈으로 똑똑히 봤단 말이에요. ……전 반드시 헤어지고 싶어요."

돌이킬 수 없었다고 하면 그때 자신의 말이 그런 거라고 아야코는 생각했다. 긴 연애 기간을 거쳐 결국 맺어진 유조와 아야코는 불과 삼 년 남짓한 결혼 생활 끝에 헤어졌다. 아직 한 살이었던 슈이치를 아야코 쪽에 넘겨준 사람도, 이 미카게의 집을 준 사람도 시아버지였다. 아이의 양육비를 다달이 보내주었지만 아야코는 슈이치가 세 살이 되자 일하러 나갔다. 백부가 롯코구치에서 수입 잡화점을 운영하고 있었다. 처음에는 간단한 사무 일을 도왔는데, 그러는 사이에 매입이나 손님을 대하는 방식 등을 배워 삼 년쯤 지나자 아야코가 가게를 꾸려가게 되었다. 그러나 그녀는 자신이 직접 가게를 가지려는 생각은 하지 않았다. 슈이치가 죽은 작년 4월까지 줄곧 아야코는 롯코구치에 있는 백부의 가게에서 일을 해왔다. 혼담도 몇 차례 있었으나 아야코는 마음이 동하지 않았다. 자신의 집도 있고 생활도 편하다는 것이 가장 큰 이유였다. 그러나 무엇보다 아야코는 헤어진 야마오카 유조를 잊지 못했다. 남편은 고생을 모르는 도련님이었지만, 생각해보면 자신도 똑같이 고생 모르고 자란 아가씨였다고, 이따금 아야코는 생각한다. 유조가 재혼했다는 말을 들었을 때, 아야코는 정신이 나간 사람처럼 슈이치의 손을 잡고 이시야가와 강변을 몇 시간이나 오르락내리락했다. 먼 옛날의 일이다.

아야코는 다관茶罐에 뜨거운 물을 부으면서 유조의 봄 양복을 쳐다보았다. 회색에 약간 푸른빛이 도는, 잘 만들어진 상하의와 조끼 맞춤이다.

"젊은 사람들이 입는 양복을 입고……, 아직도 야심이 있는 거죠?"

"이제 그만 해. 큰딸이 벌써 시집 갈 나이인데……."

다다미 위를 엎드려 기어가더니 유조는 도코노마+에 장식되어 있는 청자 항아리를 두 손으로 들었다.

"이것 참 반갑네."

시아버지가 소중히 했던 것으로, 유조와 헤어질 때 아야코에게 준 것이다. 시아버지의 자상하고 커다란 눈이 떠올라 아야코는 생각지도 않은 말을 했다.

"이번만은 용서해드릴게요. 이제 바람 같은 거 피우면 안 돼요. 그때, 그렇게 말했으면 좋았을걸……."

슈이치까지 죽고 없어졌다고 하면서 아야코는 갑자기 울음을 터뜨렸다. 유조는 청자 항아리를 가슴에 안은 채 잠자코 아야코를 보고 있었다.

"나도 철부지였고 당신도 철없는 아가씨였어."

+ 일본식 방에 바닥을 한 단 높게 해놓고 족자나 도자기, 꽃 등을 장식하는 곳.

울면서 아야코는 견딜 수 없는 절망감에 휩싸였다. 아무것도 아닌 휑뎅그렁한 들판에 홱 내던져진 듯한 쓸쓸함이, 꽉 맨 오비 위로 아야코의 몸을 더욱 조여 왔던 것이다. 자신은 이렇게 남자 앞에서 하염없이 울 수 있는 여자가 아니었다는 생각도 했다. 무엇보다도 부부생활을 좋아하지 않았다. 한 번도 자신이 남편을 원했던 적이 없다. 이혼하고 나서도 그런 쓸쓸함을 느낀 적은 없다. 자신은 여러 가지 점에서 담백한 여자인 것이다. 그래서 슈이치까지 죽게 했다. 맥락도 없는 그런 생각이 한꺼번에 분출해서 아야코는 눈물을 멈출 수가 없었다. 유조와 단 둘이 앉아 있는 것이 지금의 아야코를 한층 더 애달프게 했는지도 몰랐다. 아야코는 일어나 잠자코 옆 방으로 갔다. 오비를 풀고 기모노를 벗고 갈아입을 원피스를 든 채 잠시 멍하니 방 한구석에 시선을 떨어뜨리고 있었다.

"아내가 입원해."

유조의 목소리가 장지문 너머로 들려왔다. 아야코는 툇마루를 지나 다시 유조가 있는 방으로 갔다.

"자궁근종이라는군."

"수술하는 거예요?"

"어쩌면, 그것만이 아닐지도 모른다고 의사가 말하더군.

열어봐야 알 수 있다나 봐."

"언제인가요?"

"수술은 다음 주 화요일이야. 살이 빠지는 게 심상치가 않아……."

잠시 이야기가 끊겼고, 아야코와 유조는 다시 뜰의 벚꽃으로 시선을 옮겼다.

"여기 벚꽃은 밤에 더 예뻐. 그렇지 않았어?"

"그래요. 옆집 은행장 집 뜰에 있는 수은등이 적당한 조명이 되어주거든요."

"음, 그거 참 멋지겠군."

하숙인을 들이는 것은 절대 그만두라는 말을 남기고 유조는 돌아갔다. 시계를 보니 두 시였다. 아야코가 부엌에서 설거지를 하기 시작했을 때 현관의 벨소리가 울렸다. 나가보니 낯선 젊은이가 문 앞에 서 있었다.

"여기 붙어 있는 종이 말인데요, 벌써 정해졌습니까?"

젊은이가 물었다. 파란 작업복을 입은 키가 큰 남자였는데, 아무리 봐도 학생은 아니었다.

"아뇨, 좀 전에 붙이긴 했지만, ……아무래도 그만두려고 생각해요."

"그만둔다구요?"

아야코는 청년 옆으로 가서, 붙여 놓은 종이를 떼서 서둘러 접었다.

"이층을 하숙으로 할까 했는데 갑자기 생각이 바뀌어서……."

"이층이라면 남향인 저 방인가요?"

그렇게 말하며 청년은 손으로 가리켰다. 아야코가 고개를 끄덕이자 기쁜 듯한 표정을 누그러뜨리고, 가슴 호주머니에서 명함을 꺼내 건네며 정중하게 고개를 숙여 인사했다.

"오늘 하룻밤만 저 이층 방을 빌릴 수 없을까요?"

"하룻밤만요?"

"절대 수상한 사람은 아닙니다. 이불도 다 가져오고, 내일 아침에는 깨끗하게 청소도 해놓고 나가겠습니다. 정말 폐는 끼치지 않겠습니다."

너무 갑작스러운 일이라서 아야코는 무슨 말로 대답해야 할지 몰라 청년의 용모만 살필 뿐이었다. 청년은 몇 번이나 머리를 조아렸다. 거북하지 않은 웃는 얼굴에다 못된 계획을 숨기고 있는 것으로는 보이지 않았지만, 아야코는 이층 방을 하룻밤만 빌려주는 일은 승낙할 수 없었다. 선량해 보이는 이

젊은이가 갑자기 돌변하여 밤중에 칼 같은 것을 들이대는 것도 충분히 생각할 수 있는 일이었다.

"하룻밤만이라면 여관이나 호텔을 이용하는 게 좋을 거 같아요. 거절해야 될 것 같은데요."

"……역시 무리일까요."

청년은 너무나도 아쉽다는 듯 이층을 올려다보았는데, 문득 생각난 듯이 말했다.

"저기 텔레비전 안테나를 묶고 있는 철사가 많이 풀려 있는데, 텔레비전 잘 안 나오죠? 제가 고쳐드리겠습니다. 전 전기공사하는 가게에서 일하고 있거든요. 집 안의 전기와 관계된 다른 것도 다 살펴보고 고쳐드리겠습니다. 숙박료도 제대로 낼 테니까, 어떻게 하룻밤만 저 이층 방 좀 빌릴 수 없겠습니까?"

"왜 하룻밤만 우리 집에 묵고 싶은 건데요?"

아야코는 화가 나서 강한 어조로 청년에게 물었다.

"이런 대저택이 늘어서 있는 조용한 곳에서 하룻밤 여유있게 자보고 싶어섭니다."

그 표현이 우스웠기 때문에 아야코는 무심코 웃으면서,

"그럼 저 텔레비전 안테나, 지금 고쳐줄 거예요? 전자레인지의 타이머도 고장 났고, 냉장고의 성에 제거 장치도 상태가 안 좋고, 그거 전부 고쳐주면 생각해볼게요."

하고 말해버렸다.

아뿔싸, 했을 때는 벌써 청년이 세워둔 라이트밴으로 달려간 뒤였다. 그는 용구가 담긴 듯한 가방을 들고 다시 돌아오더니 멋대로 현관으로 들어섰다. 아야코는 흠칫흠칫 청년을 부엌으로 안내하고는 아무 말 없이 전자레인지를 손으로 가리켰다.

"다른 일은 뭘 시켜도 잘 못하지만 전기와 관련된 일이라면 전 천재거든요."

말 그대로 청년은 타이머 부분을 오륙 분간 만지작거리더니 간단히 고쳐놓았다.

"여기서 동쪽으로 좀 가면 치과가 있잖아요?"

하고 청년이 말했다. 머리를 짧게 깎은 건강해 보이는 얼굴을 보고 있자 아야코는 점점 마음이 누그러졌다. 냉장고에서 콜라를 꺼내 컵에 따라 주었다. 집에 아야코밖에 없다는 것은 이미 알아챘을 것이므로 청년에게 사심이 있었다면 이미 행동에 옮겼을 것이다.

"그 치과의사가 병원 옆에 집을 새로 짓습니다. 굉장히 호사스러운 삼 층짜리 집인데, 그 집 옥상에서 이 댁 뜰이 잘 보입니다."

"어머, 다 보여요?"

"집 안은 보이지 않지만 뜰의 벚꽃은 잘 보입니다. 크고 예쁜 벚꽃이니까요……."

냉장고의 콘센트를 빼서 부엌 한가운데로 옮겨놓고 청년은 뒤쪽의 기계 부분을 살펴보았다.

"그 집의 전기 배선을 다 제가 했습니다. 벌써 닷새 전부터 쭉 댁 정원의 벚꽃을 보고 있었습니다."

온도 자동 조절 장치가 고장이 나서 이건 간단히 고칠 수 없다고 청년은 알려주었다. 먼저 지붕의 안테나를 고치게 되어 아야코와 청년은 이층으로 올라갔다. 하숙을 치려고 한 남향 방은 일 년 전까지는 슈이치가 쓰던 방이다. 책장도, 옷장도 그때 그대로였다. 학창 시절부터 소중히 하던 테니스 라켓 세 개가 벽에 걸려 있었다. 아야코는 이삼 주 동안 쳐두었던 커튼을 열었다. 남북으로 나란히 달리고 있는 한큐 전차의 노선도 국철 노선도, 그 너머에 있는 한신 전차의 노선도 이 방에서는 한눈에 내려다보였다. 롯코의 산자락에서, 저 멀리 고베의 바다에 이르는 광경이 뜰의 벚꽃을 한가운데에 두고 펼

쳐져 있었다.

"하숙을 치려고 한 건 이 방인가요?"

청년은 창가에 서서 아야코에게 물었다.

"그럴 생각이었는데 하숙을 치려는 건 그만두었어요."

테니스 라켓이나 책장을 두리번거리던 청년은, 뭔가 생각난 것처럼 뒷주머니에서 5천 엔짜리 지폐를 꺼냈다.

"갖고 있는 게 이것밖에 없습니다."

"아직 빌려주기로 결정한 건 아니에요."

아야코의 말에 웃는 얼굴로 응한 청년은 철사와 펜치를 들고 지붕으로 올라갔다.

"떨어지면 안 돼요. 우리 집 지붕은 경사가 심하니까 조심해요……."

"사모님, 텔레비전 좀 켜주시겠습니까?"

청년이 머리 위쪽에서 외쳤다. 아야코는 서둘러 아래층으로 내려가, 청년이 말한 대로 텔레비전을 켰다. 그리고 뜰로 나가 지붕을 올려다보았다.

"잘 나옵니까?"

그 말에 아야코는 다시 집 안으로 들어가 텔레비전을 켰다. 채널을 이리저리 돌려보았다. 그리고 뜰로 나가 큰 소리로 외쳤다.

"우와, 굉장히 잘 나와요."

청년의 얼굴이 지붕 한쪽에서 살짝 보였다가 다시 안으로 사라졌다. 아야코는 이층으로 올라가 청년이 내려오기를 기다렸다. 청년과는 아주 오래전부터 알고 지낸 것 같은 생각이 들어 아야코는 오랜만에 마음이 즐거워졌다. 정 그렇게 이 방에 묵고 싶다면 하룻밤만 빌려주어도 괜찮겠다고 생각했다. 지붕에서 내려온 청년은 이마에 땀을 흠뻑 흘리고 있었다. 초여름 같은 햇빛이 멀리 있는 집들의 지붕에서 튀고 있었다.

"이 방, 아드님이 쓰던 건가요?"

청년의 질문에 아야코는 솔직하게 고개를 끄덕이고, 창문으로 얼굴을 내밀고는 이시야 강 쪽을 손으로 가리켰다.

"담배 사러 간다고 훌쩍 나갔는데, 저기 길모퉁이에서 차에 치었어요."

"……저런."

"죽었어요. 즉사였어요."

청년도 아야코와 나란히 창문으로 얼굴을 내밀고 이시야 강 부근을 바라보고 있었다. 햇볕에 탄 커다란 손이 군데군데 거칠었고 갈라져 있었다.

"대학을 졸업하고 막 회사에 다니기 시작했을 때였어요."

앞쪽의 한신 국도에는 수많은 자동차가 달리고 있었다. 개어 있는데도 하늘은 새파랗지 않고, 항구의 꼬불꼬불 구부러진 연안에는 공장의 굴뚝이 늘어서 있으며, 그것이 바다를 따라 그대로 오사카 만 쪽으로 이어지고 있었다. 아야코와 청년은 잠시 이층 창문에 나란히 서서, 펼쳐진 전망에 시선을 주고 있었다.

"오늘 밤 묵어도 되겠습니까?"

청년이 조심스럽게 물었다.

"하룻밤만이에요. 밥도 주지 않고 아무런 시중도 들지 않을 거구요."

저녁에 이불을 가져온다며 청년은 기쁜 듯이 돌아갔다. 그가 돌아가고 나자 아야코는 갑자기 후회의 감정에 사로잡혀 진정되지 않은 기분으로 빨래를 건는다거나 부엌을 청소하면서 저녁때까지 시간을 보냈다. 도중에 몇 번이나 청년한테서 받은 명함을 들고 전화기 앞에 섰다. 청년이 근무하고 있는 전기공사 업체에 전화해서 거절하려고도 생각했으나 어쩐 일인지 그것도 망설여져서 아야코는 결국 마음을 정했다. 약속한 일이니까 어쩔 수 없다, 마음이 곱고 밝은 청년이었고 또

악의도 없는 것 같았으니까, 라고 생각한 것이다.

근처에 사는 부인이 같이 장을 보러 가자고 왔으므로 아야코는 역 근처의 마켓까지 함께 갔다. 그 부인은 실없는 화제를 꺼내 혼자 떠들어댔다. 최근에 시작한 자원봉사 활동, 맛있는 크레이프 굽는 법, 살구잼 만드는 법. 아야코는 맞장구를 치면서 유조의 얼굴을 떠올렸다. 슈이치의 일주기만이 집으로 찾아온 목적이 아닌 것 같았지만, 유조는 타인이 된 지 벌써 이십 년이나 된 먼 사람이다. 자신은 왜 회사의 젊은 사무원에게 손을 댄 유조를 적어도 한 번만이라도 용서해줄 수 없었던 것일까, 아야코는 벚꽃이 지는 조용한 언덕길을, 말 많은 부인과 나란히 오르면서 끊임없이 생각했다.

갑자기 목덜미가 화끈 달아올랐다. 따스한 날씨인데도 목에서 뺨에 걸쳐 피가 거꾸로 오르는 증세는 허리나 장딴지나 발끝의 열을 빼앗았다. 슈이치의 사고 이래 달거리의 징후도 불규칙해졌고, 세 달쯤 전에 희미한 것이 있었을 뿐 그것으로 뚝 그쳐버렸다. 그런 나이이기도 했지만 아야코는 자신 안에 뭔가 살아 있는 것이 소실되어간다는 불안과 초조를 느꼈다.

집 대문 앞에 커다란 이불 보따리가 놓여 있었다. 양복으로 갈아입은 청년이 두 손을 호주머니에 찌른 채 아야코가 돌아오기를 기다리고 있었다. 아야코는 근처의 부인과 헤어져, 차가워진 손가락을 뜨거운 볼에 비비면서 대문으로 다가갔다.

"실례하겠습니다."라고 청년은 큰 소리로 인사하고는 묵직해 보이는 이불 보따리를 짊어졌다. 그리고 지체 없이 이불을 이층 방에 넣어두고 내려왔다.

"청년도 상당히 낯이 두꺼운 사람이네요. 훌륭한 장사꾼이 될 수 있겠어요."

아야코는 본심에서 그렇게 중얼거렸다. 고집이 센데도 불쾌감을 주지 않는 것이 이 청년의 타고난 특질인 것 같았다.

"여덟 시쯤 다시 돌아오겠으니 잘 부탁드립니다. 냉장고는 내일 제대로 고쳐드릴 테니까요."

아야코가 무슨 말을 할 겨를도 없이 청년은 전기공사 업체의 라이트밴을 타고 언덕을 내려갔다.

여덟 시가 조금 지났을 때 다시 청년이 찾아왔다. 혼자가 아니었다. 베이지의 수수한 원피스를 입은 젊은 여자를 데려온 것이다. 아야코는 당황했다. 이유도 없이 우롱당한 것 같아 두 사람을 막으려고 현관 입구에 앉았다. 뭔가 말하려고 했을 때 먼저 청년이 입을 열었다.

"제 아냅니다. ……오늘 막 결혼했습니다."

"……오늘요?"

상스러운 느낌이 전혀 없는, 다만 절대 예쁘다고는 할 수 없는 아가씨는 부끄러운 듯 고개를 숙이고,

"실례하겠습니다."

하고 작은 목소리로 말했다.

"결혼식이라고 해봐야 시청에 혼인신고서를 제출했을 뿐이지만요……."

그리고 청년은 아가씨의 손을 잡아끌고, 멍하니 보고만 있는 아야코는 거들떠보지도 않고 멋대로 이층으로 올라가 버렸다. 자신의 집이 낯선 남녀에게 러브호텔처럼 취급되는 것에 아야코는 말할 수 없는 분노를 느꼈다. 나가주기를 바랐다. 그러나 이층으로 쫓아 올라가 단호하게 거절할 만큼의 기력이 없었다. 두 사람에게 천박한 구석이 없는 만큼 그나마 다행이라는 생각이 들어 아야코는 하는 수 없이 대문의 자물쇠를 잠그고 현관 열쇠도 잠그고 자기 방으로 돌아갔다. 목욕물을 받아놓았지만 탕에 들어갈 기분이 들지 않았다. 가끔 귀를 기울여 이층의 상황을 살피기는 했지만 워낙 튼튼하게 지은 집이라 아무 소리도 새나오지 않았다. 이웃의 은행장 저택에서 창백한 빛이 번져왔다. 수은등을 켠 모양으로 아야코의

뜰에 핀 벚꽃이 어둠 속에 떠올라 있었다.

열 시가 지나고 복잡한 마음이 진정되고 나서 아야코는 탕에 들어갔다. 일을 그만두고 외출할 일이 적어지자 아야코는 거의 화장을 하지 않게 되었다. 그 때문에 근처의 부인들은 오히려 젊어졌다고 놀렸지만, 아야코는 얼굴에 쓸데없는 살이 붙고 그것이 일종의 치장이 되는 나이가 된 자신을 깨달았다. 문득 유조가 자주 목욕을 같이하고 싶어 하던 일이 떠올랐다. 아야코가 싫다고 하면 유조는 금세 언짢아했다. 그래서 아야코는 마지못해 유조의 뒤를 따라 욕실로 들어갔다. 유조의 손 안에서, 몸을 웅크리고 가만히 있을 뿐이었다. 남자 앞에서 알몸을 비비 꼬는 것이 도저히 되지 않았던 것이다.

몸을 닦고 있을 때 별안간 좋지 않은 예감이 머리를 스쳤다. '동반자살' 이라는 말이 갑자기 떠오른 것이다. 뭔가 사정이 있어서 저 남녀는 돌이킬 수 없는 짓을 하려고 하는 게 아닐까, 하고 걱정이 되었다. 아야코는 서둘러 옷을 입고 계단 어귀에서 이층의 상황을 살펴보았다. 이야기 소리나 어떤 소리도 들려오지 않았다. 두 사람이 도둑으로도, 강도로도 돌변하지 않을 사람들이라는 것은 알고 있었지만, 그것보다도 뭔가 심상치 않은 사태가 벌어질 것만 같았다. 이층 복도도 방도 불은 꺼져 있었다. 깜깜한 이층에 지금 분명히 낯선 젊은 남자와 여자가 있는 것이다.

아야코는 경찰에 전화를 해보려고도 생각했다. 그러나 자신의 불안이 기우에 그쳤을 때의 어색함을 생각하면 그것도 망설여졌다. 그녀는 일단 자기 방으로 돌아와 들뜬 마음으로 이부자리를 깔았다. 잠옷 위에 얇은 카디건을 걸치고 이불 위에 무릎을 꿇고 앉아 가만히 있었다. 열한 시가 지났을 때 그녀는 드디어 결심하고 이층으로 올라갔다. 심장이 격하게 뛰었다. 발소리를 죽여 방으로 다가가 말을 걸려고 했다. 엎드려 있는 듯한 두 사람의 이야기 소리가 조그맣게 들려왔다. 아야코는 귀를 쫑긋하고 그대로 깜깜한 복도에 서 있었다.

"자면 안 돼."

"……네."

움직이는 기척이더니 청년의 목소리가 창가로 옮겨갔다.

"이쪽으로 와봐."

"싫어요, ……창피해요."

"깜깜하니까 안 보여."

"옷, 입고 갈게요."

"오늘은 따뜻해서 벗고 있어도 괜찮아."

"추워서 그런 게 아니에요."

여자의 목소리도 창가로 옮겨갔다. 아야코는 쓸데없이 걱정했다는 것을 알고 몸의 힘이 쑥 빠지는 것 같았다.

"멀리 바다가 보이고 활짝 핀 벚꽃으로 둘러싸여 있고, 일박으로 갈 수 있는 곳이고, 게다가 예산은 5천 엔밖에 안 드는 곳. 당신의 그런 바람을 이룰 수 있는 곳은 아무리 발버둥을 쳐도 생각나지 않았거든."

여자의 희미한 웃음소리가 아야코의 가슴에 스며들었다.

"예쁜 밤 벚꽃이지."

"정말, ……예뻐요."

"고베의 야경도 잘 보여."

목소리가 끊어졌다. 여자가 희미하게 웃고 있었다. 창가에 몸을 숨기고 두 사람은 정원 등의 잔광을 받고 있는 밤 벚꽃을 바라보고 있는 것 같았다.

"전, 여자의 행복이란 정말, 부자 남자와 결혼하는 거라고 생각해요."

"나도 그렇게 생각해."

"남의 말 하듯 하기는……. 언젠가 이런 집에서 살 수 있게 해줘요."

"……응."

"……왠지 미덥지 않은 대답이네요."

아야코는 다시 살그머니 계단을 내려갔다.

자기 방의 불을 끄고 툇마루의 유리문을 열었다. 따스한 밤이었다. 내일은 비가 올지도 모르겠는걸, 하고 아야코는 생각했다. 비가 오지 않더라도 바람이 조금만 불어도 져버리는 활짝 핀 벚꽃을, 아야코는 툇마루에 앉아 오랫동안 바라보았다. 일찍이 이렇게 숨을 죽이고 바라본 적은 없었다. 부풀어 오른 엷은 분홍색의 커다란 면화가 파란 빛의 테두리를 두르고 공중에 떠 있는 것처럼 보였다. 톡톡, 톡톡 줄어가는 요염한 생물처럼 생각되기도 했다. 아야코는 도저히 잠이 올 것 같지 않은 신기한 밤을, 벚꽃과 함께 깨어 있자고 마음먹었다.

별도 달도 보이지 않았다. 정원석도, 도기로 된 의자도 보이지 않았다. 밤 벚꽃이 끊임없이 지고 있는 모습만이 마음에 스며들어, 뜨뜻미지근한 꽃비에 몸을 맡기고 있는 기분에 취해 있었다. 이층의 두 사람은 아마 이제 창가에서 떨어져 다시 이불 속으로 들어갔을 것이다. 두 사람의 체취까지도 확실히 맡을 수 있을 것 같은 기분이었다. 아야코는 그렇게 언제까지고 밤 벚꽃에 몸을 담그고 있었다. 이런저런 생각이 스치고, 그 안에서 문득 보이는 것이 있었다. 아아, 이거구나, 하고 아야코는 생각해보았다. 대체 뭐가 이것인지 아야코로서도 분명히 알기는 어려웠지만, 그녀는 지금이라면 어떤 여자로도 될 수 있을 것 같았다. 어떤 여자로도 될 수 있는 방법을, 오늘이 마지막인 꽃 안에서 일순 본 것인데, 그 아련한 기색은 밤 벚꽃에서 눈을 떼면 순식간에 형체도 없이 사라져버리는 것이었다.

박쥐

란도가 죽은 지 벌써 오 년이나 지났다는 것을, 나는 오사카 역의 혼잡한 인파 속에서 뜻밖에 재회한 마쓰오카에게서 들었다.

늦가을의 일요일, 한큐 전차의 플랫폼에서 육교를 건너 음식물의 악취로 자욱한, 볕이 잘 들지 않은 식당가를 지나 난방 열기와 사람들의 훈기가 뒤섞인 국철 역 구내로 들어섰을 때, 어딘가에서 본 적이 있는 사내와 지나쳤다. 상대도 어어, 하는 표정으로 멈춰 섰고, 애매한 표정을 주고받은 뒤 일단 그대로 각자의 방향으로 헤어져 가버릴 뻔했다. 걸어가면서 뒤를 돌아보았더니 상대도 마찬가지로 이쪽을 보고 있었다.

그래서 확실히 서로가 어딘가에서 만난 적이 있는 사이라는 것을 깨달았다.

"너, 곤스케 아냐?"

사내가 종종걸음으로 돌아와서 물었다. 곤스케라 불린 것은 고등학교 시절, 그것도 특정한 그룹에서만 그렇게 불렀기 때문에 나는 그제야 가까스로 그 사내의 이름을 기억해냈다.

"엄청 뚱뚱해져서 누군지 몰라보겠는데. ……십 년 만이잖아."

내가 이렇게 말하자 마쓰오카는 두 손을 써가며 수를 헤아리면서 십삼 년 만이라고 응수했다. 특별히 반갑지도 않았고 요코와의 약속 시간에 이미 상당히 늦었기 때문에 나는 건성건성, 지금은 뭘 하고 있는지, 어디로 가는지 등을 물었다. 마쓰오카는 담배 필터를 혀로 두루 핥고 나서 천천히 불을 붙였다. 고등학교 시절부터 입 모양에 천한 구석이 있었는데, 그것이 그대로 연기를 빨아들이는 입술의 움직임에 남아 있었다.

"부동산 세일즈를 하고 있어. 거래처 사람과 잠깐 니가와까지 가는 길이고."

"니가와라면, ……경마?"

마쓰오카는 그 말에는 대답하지 않고 갑자기 생각난 듯이 이렇게 말했다.

"란도, 죽었어."

"……죽었다고?"

"벌써 오 년이나 됐지만."

내가 다음으로 무언가 말하려고 했을 때 마쓰오카는 커다란 덧니를 보이며 웃고는,

"너, 여전하구나."

하고 말했다. 그리고 "또 보자"라고 큰 소리로 인사하고는 빠른 걸음으로 떠났다. 그도 역시 급한 일이 있는 것 같았다.

란도가 죽었다는 것을 알고 나는 잠시 마쓰오카의 뒷모습을 가만히 지켜보고 있었다. 왜 죽었는지 알고 싶었으나 뒤를 쫓아가 캐물을 마음은 들지 않았다. 란도의 그 짙은 눈썹과 매부리코가 서서히 마음 밑바닥에서 스며 나와, 나는 슬퍼지고 말았다. 아침의 러시아워와 같은 정도의 인파에 밀리며 지하도를 걸으면서 나는 란도가 사고를 당했다거나 누군가에게 살해당한 것이 아니라 아마도 무슨 병에 걸려 죽은 게 틀림없다고 생각했다. 고등학교에서 퇴학당한 뒤 그대로 어딘가의 야쿠자 조직에 들어간 란도의 억센 체구나 얼굴에 떠돌던, 일

종의 열은 존재감이라고 해야 할 것에 대해 나는 계속해서 생각했다. 그것은 마쓰오카가 헤어질 때 말한 '너, 여전하구나'라고 한 말의 여운 때문이었다.

요코는 교토에 가고 싶다고 했다. 이치조지一乘寺 근처 시센도詩仙堂의 정원을 좋아한다는 것은 알고 있었지만 늘 관광객이 많아서 나는 그다지 내키지 않았다. 그러나 요코가 교토에 가고 싶어 한다는 것은 나를 유혹하는 암시이기도 했기 때문에 그대로 다시 한 번 한큐 전차의 터미널까지 돌아갔다. 교토에 가자, 고 속삭일 때 요코의 눈 흰자에는 늘 푸른 기가 돌았다.

가와라마치행 특급은 붐볐다. 우리는 문가에 서서 유리창 너머로 가을의 부드러운 햇볕을 받고 있었다. 창밖을 바라보며 요코는 눈이 부신 듯 얼굴을 찡그렸다. 요코의 번들번들 젖은 입술연지 언저리에는 투명한 솜털이 빛나고 있었다. 여느 때보다 강하게 다가오는 화장 냄새 속에는 요코의 체취도 있었다.

"만 이 년이나 되었어요."

요코는 힐책하듯이 속삭이며 내 턱에 묻어 있는 먼지를 집게손가락으로 떨었다.

"응, 이제 딱 이 년이 되는 셈이지."

나에게는 처자가 있지만 요코는 스물아홉이고 미혼이다. 예전에는 애인도 있었고 부모가 권하는 혼담도 몇 번인가 있었는데 결국 성사되지는 않았다.

"엄마는 곤란해하지만, 아빠는 이제 당신의 계획대로 되어간다고 기뻐하는 것 같아요. 이제 이렇게 된 이상 불평도 못할 거다, 내가 찾은 남자를 양자로 들이고 뒤를 잇게 하겠다, 고 말하거든요. 아빠가 생각하고 있는 대로 되어가는 것 같아요."

"아버지의 뒤를 잇는 양자가 되려면 상당히 솜씨 좋은 직인이 아니면 안 되겠네."

요코는 칠 대째나 이어져온 다시마 가게의 딸이다. 세 살 어린 여동생이 하나 있지만 상사商社의 직원과 결혼해서 지금은 미국에서 살고 있다. 내 말에 요코는 애매한 웃음을 보였다. 말수가 적은, 하지만 자신의 의지를 단호하게 표정으로 드러내는 여자였기 때문에 나는 오늘 요코의 애매한 표정이 마음에 걸렸다.

교토에 도착하자 그렇게 화창했던 하늘이 어두워졌다. 택시에 올라타서는, 교토에 가면 요코와 늘 이용하던 여관의 이름을 댔다. 요코는 힐끔 나를 보고 그대로 반대쪽 경치로 시선을 옮겼다.

"시센도는 날이 저물 때쯤 가지."

하고 나는 말했다. 요코의 벗은 몸이 벌써 눈앞에 떠올랐다. 번화가를 빠져나갈 때까지 그것은 열정적으로 어른거렸는데, 택시가 지온인知恩院 앞을 지나갈 무렵에는 진정되었다. 나의 이런 변화를 간파한 듯 요코는 먼저 시센도에 가고 싶다고 졸랐다. 그리고 운전사에게 행선지를 바꾸도록 했다.

"일요일이니까 만원일 거야. 정원을 볼 만한 분위기가 아닐 텐데."

뒷전으로 밀려버리게 되자 다시 내 눈앞에는 요코의 부드러운 알몸이 어른거렸다. 내가 다시 한 번 행선지를 변경하자 운전사가 "먼저 조야여관으로 가는 거지요." 하고 알 것 같다는 듯이 확인했다.

"예, 여관으로 먼저 가주세요."

요코를 보면서 나는 일부러 아무렇지 않은 어조로 말했다. 요코는 그렇게 해주기를 바랐던 것이다.

란도의 본명은 야마다 란도山田欄堂였다. 그 이름이 희귀해서 동급생들은 란도, 란도 하고 이름으로만 불렀다. 싸움을 잘했고 행실에 문제가 있어서 교사들로부터 항상 요주의 대상이었다. 고등학교 일 학년 때 다른 학교의 불량 그룹과 난투 사건을 일으켜 장기 정학 처분을 받았다. 이 학년 때는 무단으로 결석하고 환락가에 죽치고 있다가 발각되어 지도를 받기도 했다. 학교가 만들어놓은 규칙을 끊임없이 위반해왔지만 이상하게도 급우들에게는 인기가 있었다. 그런 학생들에게 있을 법한 야비하게 알랑거리는 냄새도 풍기지 않았고 약한 애들을 괴롭히지도 않았다. 우리가 다닌 고등학교는 남학생들만 다니는 사립학교였으므로 남학생들의 사소한 싸움이 끊이지 않았다. 하지만 란도가 관계하는 사건은 어설픈 불량학생들에게는 무서운 생각이 들 만큼 피비린내 나는 것이었다. 그는 반드시 돌이나 단도 같은 걸로 상대의 몸에서 피를 흘리게 했다. 그것도 빈틈없이 계산된 것이어서 그렇게 심한 부상을 입히지 않고 적당한 선에서 그쳤다. 피를 보면 대부분의 피라미는 기가 꺾여 란도의 옹골차고 야무지며 어른스러운 침착함 앞에 넙죽 엎드리는 것이다.

란도는 왠지 나에게 호감을 갖고 있었던 것 같다. 나는 성적도, 행실도 극히 보통인 학생이었으므로 란도 등의 무리와는 아무런 관계가 없었다. 그러나 란도는 통학 전차 안에서나 운동장의 구석, 학교 복도의 모퉁이에서 딱 마주치면 껌 하나를 꺼내 휙 던져주거나 친밀함이 담긴 어조로 '곤스케, 곤스케' 하며 웃는 얼굴로 다가오기도 했다. 다른 동급생들은 나를 고스케耕助라고 본명으로 불렀는데 란도 무리만이 곤스케라고 불렀다. 나는 그런 란도의 태도에 결코 불쾌감을 느끼지 않았다. 특별히 친하게 이야기를 나눈 적도 없는데 왜 그런 친밀함을 보여주는 것일까, 나는 평소 란도의 언행을 종합해서 생각해보고 신기해서 견딜 수가 없었다. 그렇다고 해서 그 답례처럼 내 쪽에서 친밀함을 보여준 적은 한 번도 없었다. 나와는 완전히 이질적인 것을 란도의 차가운, 그렇다고 결코 날카롭다고는 할 수 없는 묘한 공허함이 깃든 눈빛에서 느꼈던 것이다.

여름방학이 끝나고 얼마 되지 않은 무더운 토요일이었다. 정오 때까지 있는 수업이 끝나고 나는 친구들과 국철 전차 역에서 왁자지껄 떠들며 전차를 기다리고 있었다. 그러자 플랫폼 끝에 모여 있는 학생들 틈에서 란도가 혼자 빠져나와 손짓하며 나를 불렀다.

"오늘 나하고 어디 좀 같이 안 갈래?"

"같이 가자고? 어디 가는데?"

"특별히 할 일이 있는 건 아니지?"

"……글쎄, 할 일은 없는데."

란도는 자신의 친구들과 내 친구들로부터도 떨어져서 플랫폼 앞쪽 끝까지 걸어갔다. 그리고 정기승차권을 넣어두는 데서 사진 한 장을 꺼냈다.

"이쁘지?"

내 또래로 보이는 한 여자애가 보트 위에서 웃고 있었다. 짧은 머리가 보기 좋게 곱슬곱슬했으며, 그렇게 선명하다고는 할 수 없는 흑백 사진이었는데도 이목구비가 선명해보였다. 그러므로 나는 아마도 실물은 좀 더 화려한 얼굴일 거라고 생각했다.

"응, 이쁜데."

나는 그렇게 대답했다. 그리고 란도의 손에서 사진을 받아들고 오랫동안 들여다봤다. 여자 친구 같은 건 한 명도 없는 나로서는 란도가 무척 부러웠다.

"이거, 누구야?"

란도는 진지한 표정으로, 사진을 고이 정기승차권 넣는 데다 다시 집어넣고는,

"오늘 이 애를 만나러 가고 싶은데, 같이 가줄래?"

하고 말했다.

"어디까지 가는데?"

"쓰루마치. 쓰루마치 3번지야."

쓰루마치라는 곳이 어디에 있는지 나는 전혀 알지 못했다. 란도도 그곳이 오사카 시내 어딘가에 있을 거라는 것밖에 모르고 있었다.

전차가 플랫폼으로 들어와 우리는 각자의 친구들로부터 멀리 떨어져 맨 앞의 차량에 탔다.

"찾아서 만나고 싶어. 쓰루마치 3번지까지 가면 어떻게든 찾을 수 있겠지……. 곤스케, 너 혹시 돈 가진 거 좀 있냐?"

"조금이라면 가지고 있긴 한데."

나는 아버지한테 받은 용돈을 호주머니에서 꺼냈다.

"난 한 푼도 없다. 좀 빌려주라."

왜 란도와 함께 가본 적도 없는 그런 동네까지 찾아갈 마음이 들었는지, 그때의 내 마음은 지금도 알 수가 없다. 란도에 대한 정체를 알 수 없는 호의에서였을까, 아니면 사진에 찍힌 예쁜 여자애에 대한 흥미가 아니었을까 하는 생각이 들지만 그것만은 아니었다. 숨이 콱콱 막힐 듯한 늦더위 속에서 문득 솟아난, 열일곱 살 나의 충동이었는지도 모른다. 어쨌건 나는 란도와 둘이서 오사카 역에서 내렸다.

그 무렵 오사카 역 앞의 버스터미널에는 콘크리트로 만든 낡아빠진 조그만 안내소가 있었다. 회수권을 파는 주름투성이의 노인이 커다란 밀짚모자를 쓰고, 버스를 기다리는 사람들 주변을 서성거리고 있었다. 우리는 그 안내소에서 쓰루마치에 가려면 어떻게 가야 하는지를 물었다.

"쓰루마치 역이라면 다이쇼 구區지 아마. 오사카 항 근처니까……."

안내소 담당자가 커다란 시가 지도를 펼쳐놓고 골똘히 생각했다. 란도는 가방을 아스팔트길에 놓고 안내소의 카운터에 몸을 들이밀고 시가 지도를 들여다보았다.

"53번 버스를 타고, ……다이운바시大運橋에서 내려서, 그 다음에는 시영전차로 갈아타야겠지. 그게 제일 빠른 길인 것 같은데."

"얼마나 걸립니까?"

"글쎄, 한 시간은 걸릴걸."

나는 오요도 구에서 살았고 순수한 오사카 토박이였지만 다이운바시라는 다리는 들어본 적도 없었다.

"오사카 항 근처란 말이지. ……음, 그 녀석 그런 데에 살고 있었구나."

란도의 집은 아마가사키 시였으므로 그도 나 이상으로 오사카에 대해서는 모르고 있었다.

타는 듯한 더위 속에서 우리는 53번 버스를 기다렸다. 버스는 도무지 올 줄을 몰랐다. 나도 란도도 학생모를 벗어서 가방에 집어넣고 하얀 오픈 셔츠의 앞가슴을 풀어헤친 채 땀을 닦았다. 란도는 조금도 웃지 않고 내 옆에 서 있었다. 나에게 아무 말도 하지 않았는데, 대체 무엇 때문에 나에게 같이 가자고 했는지 의아했다.

"왜 그 애들하고 같이 안 온 거야?"

나는 평소 란도의 졸개처럼 따라다니던 몇몇 동급생의 이름을 들먹였다. 란도는 땅바닥만 쳐다보며 잠시 뭔가를 생각하는 것 같았다. 란도의 매부리코 끝이 한창 내리쬐는 햇볕을 반사하여 끈적끈적하게 빛나고 있는 모습을 나는 아주 또렷하게 기억하고 있다.

"그놈들은 미덥지 못해서야."

"내가 더 미덥지 못할 텐데."

그러자 란도는 다시 웃음을 띠며 나를 쳐다보았다. 얼굴은

움직이지 않고 시선만 주면서,

"넌 꽤 괜찮은 놈이야. 모르는 동네로 여자애 집을 찾으러 가기에는 안성맞춤이지."

하고 말했다. 뭐가 꽤 괜찮다는 건지, 어떻게 안성맞춤이라는 건지, 나는 이유를 알 수 없었지만 역 앞의 백화점 옥상 근처를 바라보면서 음, 하고 의미 없는 대답을 했다. 내가 란도에게 부탁해서 다시 한 번 그 사진을 보고 있을 때 드디어 버스가 왔다. 버스는 만원이었지만 에도보리에서 가와구치를 지날 때쯤에는 텅텅 비어버렸다. 나는 좌석에 앉아 바깥 거리를 내다보았다. 어렸을 때 아버지나 어머니를 따라온 적이 있는 것 같기도 했지만, 지나친 생각인지도 몰랐다. 버스는 심하게 요동치면서 혼덴이라든가 사카이가와 등의 정류소에 멈추고 오사카의 서쪽 끝을 남쪽으로 내려갔다. 나는 지저분한 변두리로 끌려 들어가는 듯한 기분이 들어 점점 더 돌아가고 싶어졌다. 그러나 이제 란도와 끝까지 같이 갈 수밖에 없다는 생각도 들었다. 불쾌한 예감도 마음 어딘가에 있었다.

다이운바시가 버스의 종점이었다. 오사카 역에서 그곳까지 타고 간 사람은 우리 둘뿐이었다. 공장이 쭉 늘어서 있는데도 몹시 조용했다. 버스를 내려 그대로 남쪽으로 걸어가려고 앞쪽을 보니 거대한 공장에 앞길이 막혀 있었다. 왼쪽 가건물들의 함석지붕이 번쩍번쩍 햇빛을 반사하고 있었다. 란도가 건물과 건물 사이의 통로를 돌아가려고 멈춰 섰다. 개의 사체가 너부러져 있었다. 그것도 한 마리가 아니었다. 몇 마리의 개가 창자가 터진 채 가로 놓여 있었다. 그중에는 머리가 없는 것도 있었다. 악취 속에 엄청난 수의 쉬파리가 들끓어 바람 한 점 없는 통로의 한구석을 뿌옇게 했다.

란도도 나도 얼굴을 마주 보고 뒷걸음질을 쳤다. 왜 이렇게 많은 개의 사체가 있는지, 우리는 알 수가 없었다. 기묘한 정적이 거리 전체를 뒤덮고 있었다.

자세히 보니 란도의 오픈 셔츠는 땀 때문에 비쳐 보였다. 나는 몇 번이고 손바닥으로 목이나 이마의 땀을 닦았지만 아무리 닦아도 땀은 다시 솟아났다. 차가운 땀이었다. 지나가는 노동자풍의 남자에게 우리는 길을 물었다. 남자는 아무 말 없이 앞쪽을 가리켰다. 다이운바시를 건너 공장 지대를 빠져나가 한동안 걸어갔다. 시영전차의 역이 있고 쓰루마치 1번지라는 표지가 있었지만 그 너머는 막다른 곳이고 길은 자연스럽게 서쪽으로 구부러져 있었다. 커다란 시멘트 공장이 있고 띄엄띄엄 크레인 소리가 크게 울리고 있었다. 그러나 그것은 주위의 한없는 조용함을 더욱 강조해서 나도 란도도 발걸음을 멈추고 말았다.

"이런 곳에 그 애가 산다는 거야? 란도, 너, 주소를 잘못 들은 거 아냐?"

"아냐, 틀림없어. 쓰루마치 3번지야. 여기가 1번지니까 이대로 가면 2번지, 3번지로 이어지겠지."

"뭐야, 기분 더러운 동네잖아."

"진짜. 유령도시 같은 곳인데."

"그 앨 만나면 어떻게 할 거야?"

란도의 얼굴에 희미한 망설임이 스쳤다. 그는 오랫동안 나를 바라보고 나더니,

"그걸 하고 싶어."

"그거라니, 뭔데?"

"그거야, 그거지."

나는 입을 떡 벌리고 란도를 쳐다보았다.

"내가 끝나면, 곤스케 너도 해."

란도는 다시 걷기 시작했다. 하지만 나는 멈춰 선 채였다. 사진 속의 그 애는 어딘가 말괄량이 같은 구석이 있는 매력적인 소녀의 모습이었기 때문에 나는 란도가 한 말의 의미를 순

간적으로 알아듣지 못했다. 그래도 곧 그 의미를 알게 되었고, 앞에 가는 란도의 야무진 뒷모습이 왠지 무섭게 보였다. 나는 잠자코 란도의 뒤를 따라갔다. 왼쪽에 나가야처럼 이어진 이층의 목조 주택이 쭉 늘어서 있었는데, 거기에서부터 쓰루마치 2번지인 것 같았다. 더 가자 시영전차의 레일을 끼고 똑같이 생긴 목조 주택이 늘어서 있었다. 어느새 공장의 모습은 사라지고 민가만 있는 거리가 되었고 한층 더 조용해졌다. 내리쬐는 태양 아래 모든 것이 소리 하나 없이 조용했다.

"배, 고프다."

란도가 돌아보았다. 우리는 점심을 먹지 않은 상태였다.

"란도, 그걸 하다니, 강제로 하겠다는 거야?"

"바보, 내가 그럴 것 같냐. 둘이서만 있게 되면 그럴 마음이 들게 해야지. 그건 나한테 맡겨둬."

"난, 그런 짓 안 할 거야. 란도, 하려면 너나 해. ……나, 이제 돌아갈래."

란도는 얼굴을 찌푸리고 뭔가 가만히 생각하더니 곧 내가 있는 곳으로 돌아와서는,

"좋아, 그럼 잽싸게 끝낼 테니까 마지막까지 같이 있어만 주라."

✧

박쥐

하며 달래듯이 속삭였다. 나는 놀라며, 새파랗게 질린 란도의 얼굴을 바라보았다. 조금 전까지 혈색이 좋았던 란도의 얼굴은 핏기가 가시고, 그렇게 생각해서 그런지 눈도 치켜 올라가 있었다. 짙은 눈썹 아래의 그 눈은 끈적끈적 희미하게 보이기조차 했다. 그래서 나는 확실히 란도가 그것을 위해 진지하게 이 낯선 동네까지 왔다는 것을 알았다.

우리는 쓰루마치 3번지로 걸어가면서 식당을 찾았다. 식당 같은 곳은 단 한 군데도 없었다. 아이 몇 명이 전차 길에서 놀고 있었지만 어른의 모습은 보이지 않았다. 멀리서 윙윙 하는 크레인 소리가 들려오고 가끔씩 뭔가를 내리치는 커다란 금속음이 들려오기는 했지만, 소리는 밀집되어 있는 이층집들 속으로 조용히 빨려 들어 전혀 반향하지 않았다. 사람이 살고 있는 온기나 난잡함이 없는, 집과 길과 전신주와 시영전차의 레일만이 어수선하게 겹쳐 있을 뿐인 쓸쓸한 거리 한구석을 나와 란도는 땀에 흠뻑 젖은 채 걷고 있었다. 먼 변경의 거리를 헤매고 있다는 불안이 나를 휩싸고 있었다.

좁은 골목에서, 아직 그런 시간이 아닌 것 같은데 라면 포장마차를 끌고 있는 남자가 나왔다. 란도는 그 남자에게 여자애의 이름을 말하며 집을 물었다. 남자는 미심쩍어하는 표정으로 우리를 쳐다보았고, 그러고 나서 천천히 여자애의 집을 가르쳐주었다. 의외로 간단히 집을 알아버렸기 때문에 란도는 나에게 라면을 먹자고 재촉했다.

현관 앞에 화분을 가득 늘어놓고 있는, 다 쓰러져가는 집 앞으로 포장마차를 이동시키고 남자는 희미한 응달에 장의자를 내놓았다.

"지금 막 만들었지. 우리 집 라면은 맛있어."

그러고 나서 자신의 구역은 이 부근이 아니라 오카지마 주변이니 얼른 먹어치우라고 했다. 가끔씩 탐색하는 듯한 눈빛으로 주위를 둘러보았는데, 그것은 자신의 구역이 아닌 데서 장사를 하고 있다는, 동업자에 대한 꺼림칙함 때문인 것 같았다.

"저쪽은 뭡니까?"

나는 민가가 밀집해 있는 건너편을 가리켰다.

"바다."

남자는 무뚝뚝하게 대답했다.

"와아, 바다라구요?"

"그래, 제방 건너편은 바다야. 기름투성이의 지저분한 바다지, 작년부터 매립공사를 하고 있는데, 새로운 항구를 만든

다나 봐."

뜨거운 라면으로 우리는 땀에 흠뻑 젖었다. 라면 아저씨가 가르쳐준 골목길을 돌아 문패를 한 집 한 집 살피며 걸었다. 높고 긴 콘크리트 제방이 앞쪽에 있었다. 그 제방 가까이에 늘어선 집들 한쪽에 그 여자애의 집이 있었다. 지붕의 기와는 몇 장이나 벗겨져 있었고, 그렇게 봐서 그런지 전체가 눌려 찌부러진 것 같은, 칙칙하고 허름한 집이었다. 이층의 빨랫줄에 널려 있는 빨래 중에 화려한 여자 속옷 몇 장이 흔들리고 있었다. 나는 요새 시골 온천장에서 외따른 곳에서 반짝이고 있는 스트립쇼 업소의 네온사인을 보면, 이때 본 빨래의 배색이 또렷이 떠오르곤 한다.

란도는 나를 골목 한구석에 있는 전봇대 옆으로 불러 자신의 가방을 건넸다. 그러고 나서 여자아이의 집 현관문을 열었다. 잠시 후 여자애가 나왔다. 사진에 있던 그 여자애였지만 실제로 보니 좀 더 애처로운 데가 있었다. 나는 허둥지둥하며, 당혹해하는 듯한 여자아이의 표정을 훔쳐보았다.

란도는 조금도 웃지 않고 여자애와 뭔가 이야기를 나누고 있었다. 이야기하는 짬짬이 두 사람은 내 쪽을 살피기도 했다. 얼마 지나지 않아 란도와 여자애는 내가 있는 곳으로 걸어왔다. 란도가 나를 그 여자애에게 소개했다. 작은 목소리로 "안녕하세요."라고 말하고는 여자애가 웃었다. 웃고 있어도 얼굴 어딘가에 희미한 불안과 부끄러움이 있었다.

"잠깐만 기다려주라."

란도는 그렇게 말하고 여자애와 제방 쪽으로 걸어가 철사다리를 올라 건너편으로 사라졌다. 제방 위에 섰을 때 여자애의 스커트가 바람에 걷어 올려졌다. 내 눈을 의식하며 서둘러 양손으로 누르던 여자애의 동작이 언제까지고 마음에 남았다. 나는 전봇대에 기대어 두 사람이 돌아오기를 기다렸다. 꽤 오랜 시간이 지났다. 어느새 날이 기울고 집들의 그림자로 골목이 어두워지기 시작해도 여자애와 란도는 돌아오지 않았다. 나는 내 가방을 땅바닥에 놓고 그 위에 앉아 무릎을 껴안았다. 란도의 가방을 열었더니 안쪽에서, 가늘고 긴 철판을 그라인더로 깎고 며칠이나 숫돌에 갈아서 손수 만든 단도가 들어 있었다. 손잡이 부분에는 하얀 테이프가 몇 겹으로 감겨 있었다. 칼집은 없고 칼만 있었다. 직접 만든 것으로는 보이지 않는, 가라앉은 듯한 차가운 광택이 골목을 스쳐가는 뜨거운 바람의 밑바닥에서 번쩍였다. 말뚝을 박는 금속음이 바다 쪽에서 들려왔고, 누구 한 사람 보이지 않는 집들 여기저기에서는 저녁밥 냄새만이 떠돌았다. 나는 지루했고, 몇 번이나 일어나 제방 옆까지 갔지만 왠지 두 사람의 모습을 엿볼 마음이 들지는 않았다. 저녁놀이 녹슨 철 같은 색으로 집들의 벽이나 지붕을 칠했고, 그것이 급격하게 검은빛을 띠어갈 때까지도 두 사람은 돌아오지 않았다. 나는 란도의 단도로 전봇대를 깎았다. 잘 들었다. 칼이 잘 드는 것에 마음이 빼앗겨 어느새 아무 생각 없이 전봇대를 깎기 시작했을 때 란도가 앞에 서 있었다. 란도는 하얗게 언 듯한 얼굴을 하고 있었고 얼굴에는 땀이 흐르고 있었다.

"미안. ……조금만 더 기다려줄래. 괜찮지?"

"……응."

내가 불만스럽다는 듯 고개를 끄덕이자 그는 다시 종종걸음으로 제방 쪽으로 갔고 힘차게 뛰어넘어 건너편으로 사라졌다. 죽은 사람 같은 표정이었지만 몸의 움직임에는 억누를 수 없는 기쁨이 감춰진 것처럼 내 눈에는 비쳤다.

나는 전봇대 깎는 일을 그만두고 제방 건너편의 휑뎅그렁하고 지저분하며 어두운 하늘을 바라보았다. 두 사람이 숨어 있을 그 주변 위의 하늘에는 엄청나게 많은 박쥐가 어지러이 날고 있었다. 나는 소름이 끼쳤고, 언제까지고 박쥐를 바라보았다. 그것은 둔하고 까만 눈을 가진, 새라고도 짐승이라고도 할 수 없는 생물의 추악한 춤이며, 땀과 허무로 처발라진 관능의 무수한 비말飛沫이며, 기괴한 표정에 조종되는 그 영혼들의 어쩔 수 없는 술렁거림이었다.

나는 란도가 손수 만든 단도로 그의 가방을 찢었다. 몇 번이고 몇 번이고 잘게 잘랐고, 그러고는 손에 들고 있던 단도를 제방 건너편을 향해 내던졌다. 골목을 빠져나가 다이운바시로 달려갔다. 버스를 타고 오사카 역까지 갔고, 거기서는 걸어서 집으로 돌아왔다.

그날 이후 란도는 학교에 나타나지 않았다. 학교 측으로부터 퇴학 처분을 받았다고도, 자퇴를 했다고도 하는 소문이 돌았으나 어느 게 사실인지 나는 알지 못했다. 나는 그 후 한 번도 란도를 만나지 못했다. 란도가 그 후 야쿠자의 길로 들어섰다는 소문은 들었지만 그 이후로 죽음에 이르기까지 어떤 길을 걸었는지 난 알지 못했다.

오늘 요코의 몸단장은 굼떴다. 그래서 나는 좀 더 느긋하게 있고 싶은 거라고 생각했을 정도였다. 산자락이 짙은 청색으로 저물어가는 광경이 방의 창문으로 내다보였다. 여관은 좁은 길 안쪽에 숨어 있었으므로 자동차 소리도 사람 소리도 아주 먼 데서 떠도는 것 같았다.

요코는 다리를 모아 옆으로 하고 앉아 푸른 귤을 벗기고 있었다. 나는 그 무릎을 베개 삼아 누웠다. 그런 상태로 스커트 안쪽으로 손을 집어넣었다. 요코는 내가 하고 싶어 하는 대로 내버려두었다. 속옷 안쪽으로 손을 넣자 그제야 싫다며 도리질을 하듯이 내 손을 막았다.

"옛날에 란도라는 친구가 있었어."

내가 말했다. 오늘 역에서 그 친구가 죽었다는 소식을 들었다는 이야기를 하는데 문 밖에서 희미한 술렁거림이 일었다. 여관의 안뜰에 있는 잎을 떨어뜨리는 나무들이 바람에 흔들리고 있었는데 교토의 약간 후미진 곳에서는 그와 비슷한, 이유를 알 수 없는 술렁거림이 귓전을 때린다. 그것은 바람이거나 흔들리는 잎이거나 누군가 낙엽을 밟는 소리이거나 했다. 아무도 자지 않는데도 방의 어딘가에서 잠자는 숨소리 비슷한 게 들려올 때도 있다. 요코가 평정을 되찾자 그것은 한층 강해졌다.

"무슨 병으로 죽었을까?"

제방을 넘어서 한 번 내 옆으로 돌아왔을 때 보여준 란도의 모습이 마음에 스쳤다. 녹슨 철 빛의 어두운 하늘과 무수한 박쥐가 내 마음 깊숙한 곳에서 꿈틀거리고 있었다. 나와 인사를 나누었던 순간의 그 두려워하는 듯한, 애써 부끄러움을 감추는 듯한 여자애의 표정은 교토에 가고 싶다고 조를 때의 요코의 표정과 비슷한 데가 있었다.

"아직, 나하고 헤어질 수는 없겠지?"

그런 나의 오만한 말투에 요코는 순순히 고개를 끄덕였다.

"……응, 견딜 수 없을 것 같아요."

나와 요코는 여관을 나와 해가 뉘엿뉘엿한 시센도로 걸어갔다. 관람 시간은 이제 십 분밖에 남아 있지 않았다. 하얀 토벽을 따라 요코는 시센도 문 앞으로 갔다. 무슨 일이 있더라도, 조촐하고 아담한 그 독특한 정원을 보고 돌아갈 작정인 듯했다. 나는 그런 요코를 이상하게 생각하면서도 밖에서 기다리고 있겠다고 했다.

관람 시간이 이미 지났는데도 요코는 시센도에서 나오지 않았다. 나는 이상하다고 생각해 어둑어둑함 속에 흐릿하게 떠오른 토벽 건너편을 살펴보았다. 저물어가는 어슴푸레함 속에서 낙엽이 격렬하게 춤추고 있었다. 바람은 시센도의 뜰에서 소용돌이치는 모양으로, 몇 개의 잎사귀가 땅바닥으로 떨어지지 않고 오른쪽으로 왼쪽으로 위로 아래로 춤을 추고 있었다. 나는 오랫동안 그 낙엽이 검게 뒤섞이는 것을 바라보고 있었다. 늦가을 저물녘에 흩날리는 낙엽은 십몇 년 전의 박쥐 바로 그것이었다. 아주 고요해져 있던 내 몸 안에서 크레인 소리가 울리고 어지럽게, 그리고 나긋나긋하게 서로 뒤엉키듯이 박쥐들이 뿜어져 나왔다.

침대차

'은하'에는 승객이 거의 없었다. 서류나 팸플릿이나 갈아입을 옷 등으로 꽉 찬 가방을 일단 내 자리에 놓고, 나는 살을 에는 듯한 냉기가 길게 뻗어 있는 깊은 밤의 플랫폼으로 나갔다.

반대쪽 플랫폼에는 역시 어딘가 멀리 가는 듯한 똑같은 침대차가 멈춰 서 있고, 약간 통통한 여자가 두 손으로 짐을 껴안은 채 뛰어와 올라타려는 참이었다. 밤 열한 시인데도 거대한 역은 아직 모든 것이 가라앉지 않았고, 소리나 냄새나 사람의 그림자가 찬바람에 휩쓸리며 명멸하고 반향하고 있었다. 개찰구로 가는 계단 부근에서 한 남자가 술에 곤드레만드

레 취해 주저앉아 있고, 계단을 올라온 세 명의 어린아이가 그 옆을 손을 잡고 뛰어 지나갔다. 젖먹이를 업은 어머니인 듯한 여자가 어디까지 뛰어갈지 모르는 아이들을 야단치면서 술주정뱅이 옆을 쭈뼛쭈뼛 지나쳤다. 역 도시락만 파는 작은 매점 판매원의 하얀 작업복이 플랫폼 한구석에 잿빛으로 가라앉아 있었다. 희미한 빛이 그 광경을 오히려 한층 더 선명하게 만들었고, 나는 주간지 두 권과 포켓용 위스키를 사들고 그대로 멍하니 어두운 떠들썩함이 퍼져나가는 광경을 보고 있었다.

거래처와의 약속은 내일 아침 열 시부터다. 아침 첫 신칸센을 타면 그럭저럭 시간에 맞출 수 있겠지만 나는 약간 저혈압 기미가 있어서 아침 이른 시간은 고역이다. 그래서 오늘 안에 도쿄에 도착해 그대로 도쿄에서 하룻밤 묵을 예정이었지만, 이쪽에서의 내부 협의가 갈팡질팡한 나머지 결국 마지막 신칸센도 탈 수 없었다. 침대차를 이용한 것은 십몇 년 전 고등학교 수학여행으로 규슈에 갔을 때 이후로 처음이다. 도쿄로 출장 갈 때는 늘 신칸센을 이용했기 때문에 나는 도카이도東海道를 하룻밤 걸려 달려가는 침대차라는 존재를 까맣게 잊고 있었는데, 회의가 끝나고 곧 단골 술집으로 몰려가려는 동료

중의 한 사람이 농담 삼아 도쿄행 '은하'의 존재를 알려준 것이다. 일의 스케줄상 그 야행열차를 타는 것이 가장 형편에 맞는 것 같았고 오랫동안 맛보지 못한 여정 같은 것을 접해보고 싶다는 희미한 충동도 거들어, 나는 서둘러 집으로 돌아가 허둥지둥 출장 준비를 하고 나왔던 것이다.

발차 벨이 울리고 플랫폼을 달려온 학생들인 듯한 한 무리와 함께 나는 열차에 올랐다. 내 침대는 차량의 끝으로, 떠들썩한 젊은이들이 있는 데서는 멀리 떨어져 있었다. 짙은 녹색의 커튼을 열고서 나는 양복을 옷걸이에 걸어두고 침대에 엎드렸다. 한참을 그렇게 가만히 있었다. 삼단 침대의 가운데와 맨 위는 비어 있었다. 옆 침대의 상중하 모두 아무도 타지 않았기 때문에 나는 한산한 차량 안에서 특별히 조용한 한구석을 얻은 셈이었다.

열차는 천천히 달리고 있었다. 신칸센에 익숙한 나는 야행열차의 완만한 울림과 사람들의 희미한 소리에 의해 더욱 강해지는 독특한 정적에 감상적이 되었고, 요도가와淀川의 철교를 건너가는 굉음조차 상쾌했다.

열차의 도착 예정 시간을 전하는 안내방송이 들려왔다. 한밤중에 도요하시, 하마마쓰, 시즈오카, 후지, 누마즈 등에 정차하고 도쿄에는 아침 9시 36분에 도착한다. 거래처 회사는 도쿄 역 바로 옆으로, 야에스 입구에서 도보로 오륙 분이면 갈 수 있는 데였기 때문에 열 시에 시작하는 회의에는 충분히 갈 수 있을 것이다.

상당히 오랜 시간을 들여 따낸 계약이었다. 우리 회사는 불도저나 그 밖의 공사용 기계를 제조했다. 직접 판매는 대형 상사가 도맡고 있었지만 오 년쯤 전에 이윤이나 그 밖의 몇 가지 점에서 말썽이 생겨 위탁대리점을 중견 상사로 바꾸지 않으면 안 되는 일이 발생했다. 당연히 대형 상사와 비교하면 판매 능력도, 그것을 위한 교섭력도 떨어졌기 때문에 기계를 필요로 하는 건설회사도 이류, 삼류로 바뀌어나갔다. 위기감을 느낀 회사 수뇌부에서는 사내에 직접 판매를 담당할 수 있는 체제를 구축하기로 했고, 그때까지 이른바 기계쟁이에 지나지 않았던 나는 입사 이후 팔 년간 한 번도 경험해본 적이 없는 영업 분야로 배치되었다. 나는 내 자신이 도면을 놓고 숫자나 선을 만지작거리는 일에 적합한 사람이라고 생각하고 있었다.

영업의 달인으로 명성이 자자한 고타니라는 남자가 어느 상사商社로부터 스카우트되어 내 직속 상사로 배속되었다. 처세술이 좋고 매우 영리하며 교활한 재기만 번뜩이는 사람으로, 이를테면 큰 나무의 그늘에서만 그 능력을 발휘할 수 있는 유형이라고 나는 생각했다. 그와의 헤아릴 수 없을 정도로 많은 언쟁과 전혀 오르지 않는 매상 등으로 괴로워하면서 나는 오직 기계들을 팔려고만 노력해왔다. 그것들은 나나 내 동료가 몇 년이나 걸려 개량하고 비용을 줄여 만들어낸 우수한 공사용 기계였다. 나는 우리가 만든 제품에 자신감을 갖고 있었다.

업계의 부진 속에서 독특한 공법과 경영 방침으로 성장하여 도쿄증권거래소 2부에 상장되기까지 한 건설회사가 있었다. 기존의 다른 큰 회사들은 상사와의 관계가 깊어, 제품의 우수성만으로는 아무것도 안 되는 상황이었기 때문에 나는 그 신흥 업자인 S사에 우리 제품을 판매하는 일에 내 모든 것을 부딪쳐보자고 결심했다. 둘 사이를 주선해줄 힘 있는 연줄도 없었으므로, 이른바 명함 한 장과 팸플릿만 가지고 무조건 찾아가는 데서 시작하지 않으면 안 되었다. 여러 가지 일이 있었다. 며칠이나 계속해서 회사를 찾아가 어느덧 담당자와 관계라는 게 생겼고, 나라는 사람의 신용을 쌓아 가까스로 제대로 된 업무 얘기가 가능해진 게 이 년 전이었다. 그리고 실

마리가 보이자 그때부터의 수완은 나보다 고타니가 훨씬 더 뛰어났다. 접대할 때의 화제나 그 뒤의 약간 강제적이기까지 한 판매, 그것을 위한 사전 뒷거래, 나 같은 깐깐한 성격은 아무리 하려고 해도 흉내 낼 수 없는 일종의 호탕함이라고 할 수 있는 것을 발휘하여 고타니는 어느새 S사 안으로 깊숙이 파고 들어가 있었다. 고타니가 영업 수완을 발휘하기 시작하면 엔지니어로서의 내 지식이 그것을 교묘하게 보좌하는 형태로, 우리 두 사람은 서로 상극이면서도 아주 훌륭한 파트너로서 S사 공략에 분주해왔던 것이다. 그 S사가 우리 회사의 대형 불도저를 일괄 구입하기로 내부에서 결정한 것이 이틀 전이었다. 최종적인 가격 조정 문제나 지불 방법 등 약간의 문제가 남아 있기는 했지만, 수많은 라이벌을 물리치고 우리의 승리는 틀림없는 것이 되어 있었다. 내일 아침 나는 그 마지막 문제를 정리하기 위해 S사와의 상담에 임하는 것이다. 사내의 협의가 끝나고 내 출장비를 경리로부터 받아내는 전표에 도장을 찍기 위해 고타니는 탄탄하고 작은 몸을 서둘러 움직였다. 그러면서 그는 아무렇지 않은 어조로 말했다.

"나도 자네도 이것으로 결국 반사람 몫이었다는 이야기가 되나. 내 특기와 자네의 특기를 둘 다 가진 놈이 이 세상에는 엄청 많다는 거거든."

그리고 반쯤 자조를 섞어 히죽 웃고는, 벌써 다른 사원은 모두 퇴근하고 부장만 금고 옆에 앉아 있는 경리부 안으로 들어갔다.

"난 내일 골프야."

일부러 아무렇지 않은 어조로 중얼거리면서 고타니는 나에게 돈이 든 봉투를 건넸다. 기름에 뜬 두꺼운 피부에 싸인, 보기에 따라서는 눈물을 머금고 있는 것처럼도 보이는 고타니의 그 눈동자를 쏘아보았을 때 나는 갑자기 심한 허탈감을 느꼈다. 나는 일찍이 그 이상의 충실감을 맛본 적이 없었고 또 그 이상으로 허탈감을 느낀 적도 없었다. 상반된 그 두 가지 감정은 분주한 준비를 끝내고 혼자 오사카 역으로 향하는 내 마음에 무겁게 퍼져나갔다. 자신이 감당할 수 없을 정도의 일을 성취했는데도 나는 속수무책인 적막감에 휩싸여 있었다. 그 마음의 밑바닥에는 대단원의 결말에 임하는 억누를 수 없는 흥분도 숨어 있었다.

나는 넥타이를 풀고 침대차의 좁은 침대에서 위를 보고 누워 힘껏 기지개를 켜보았다. 몇 개인가가 뒤얽힌 전철기轉轍機를 지나가는 진동이 이어지며 열차는 교토 역에 들어섰다. 거기에서도 승객은 적었지만 내 맞은편 좌석에는 말쑥한 한 노인이 탔다. 빳빳해보이는 은발을 깔끔하게 가르마를 타고 짙은 갈색 양복을 품위 있게 입은 일흔이 훨씬 넘어 보이는 남자였다. 나는 칸막이 커튼을 닫지 않고 있었다. 그래서 아무렇게나 드러누운 채 노인이 자신의 침대에 걸터앉아 한숨을 돌리는 듯 가만히 창밖을 바라보고 있는 모습을 지켜보고 있었다. 노인은 눈앞에 누워 있는 나에게 한 번도 시선을 주지 않고 무릎 위에 두 손을 올린 채 잡아먹을 듯이 유리창 너머를 보고 있었다. 나는 가만히 칸막이 커튼을 닫고 잠시 눈을 감았다. 눈꺼풀 안에서 반짝반짝 빨갛게 흩날리는 것이 있었다. 그것이 나타날 때는 꼭 정신의 어딘가가 맑아지며 밤에는 잠을 이루지 못하게 된다.

나는 포켓용 위스키를 들고 통로로 나갔다. 노인은 아까와 같은 자세 그대로 아직도 가만히 야경을 바라보고 있었다. 열차 안의 희미한 불빛으로도 확실히 알 수 있을 만큼 흰 살결과 단정한 콧날이 강하게 도드라진 야무진 얼굴은, 젊은 시절에는 필시 수려한 미남이었음을 엿보이게 했다. 그리고 무엇보다도 몸에 걸치고 있는 옷이나 시계나 구두 등은 노인이 경제적으로 아주 풍족한 환경에서 생활했다는 것을 보여주었다. 그러나 그런 풍정에도 불구하고 노인의 눈은 너무나도 얼이 빠져 있었고 슬퍼 보였다. 나는 그런 노인의 눈에 왠지 강하게 마음이 끌렸다. 나에게 출장비를 건네주었을 때의 고타니의 눈도, 또 그것을 받는 순간의 내 눈도 아마 정체를 알 수 없는 슬픔이 한순간 번쩍였으리라는 생각에 사로잡혔다.

나는 노인이 보이는 장소에서 조금 떨어져 있는 통로의 손잡이에 기대면서, 비치되어 있는 작은 플라스틱 컵에 위스키를 따랐다. 주기적으로 찾아오는 심한 흔들림에 컵 안의 액체는 방울방울 넘쳐흘렀다. 컵에 따를 때 위스키는 더 많이 흘러넘쳐, 하는 수 없이 나는 병을 입에 대고 단숨에 들이켰다. 열차는 이미 시가 현으로 들어선 것 같았다. 나 자신의 얼굴과 차내의 광경이 유리창에 뚜렷하게 비쳤다. 가만히 눈을 한곳에 집중시켜야 간신히 보일 정도의 작은 빛이 창밖의 칠흑 같은 어둠 안쪽에서 반짝이고 있었다. 차량의 한가운데쯤에 진을 친 학생들 한 무리가 트럼프라도 하는 모양인지 가끔씩 숨죽인 환성과 웃음소리를 터뜨렸다. 어딘가에서 가볍게 코 고는 소리도 들려왔다.

위스키는 위에 강하게 스며들고 있는데도 몸 안에서는 전혀 작동하지 않았다. 나는 결국 포켓용 위스키를 전부 마셔버렸다. 가슴이 타고 입이나 목에 지독하게 짠 것이 착 달라붙었다. 나는 세면대로 가서 물을 마시고 열차의 연결부에서 잠시 찬바람을 쐬었다.

내 침대로 돌아오자 노인은 침대에 틀어박힌 듯 칸막이 커튼도 닫혀 있고 아주 조용했다. 와이셔츠와 바지를 벗고 침대에 누워 모포를 덮었다. 차내의 난방이 지나칠 정도여서 등이나 목덜미에 살짝 땀이 번졌다.

일본에서 일이 등을 다투는 상사의 과장 자리를 버리고 새로 설치된 영업촉진부의 부장으로 입사한 오 년 전의 고타니가 떠올랐다. 나는 한눈에 그의 야쿠자 같은 언행에 숨겨진 일말의 소심함이라고도 부를 수 있는 것을 알아차렸고, 부하에 대한 거만한 말투와 허세 뒤에도 역시 일류 상사에서의 출세를 포기하지 않을 수 없었던, 고타니가 가진 어쩔 수 없는 성격상의 결함을 보았다. 큰 무대에서밖에 빛나는 일이 없는 큰 기술을 특기로 갖고 있으면서도, 그러한 장소에는 어울리지 않는 천박함과 느끼함이 배어나왔다. S사 공략과 관련된 몇 가지 잊을 수 없는 장면을 더듬어갈 때면 반드시 떠오르는 눈부심, 그런데도 묘하게 가라앉은 조용한 풍경에 맞닥뜨린다. 그때까지 나한테만 맡겨져 있던 S사를 상대로 한 절충에 고타니 스스로 개입하기 시작한 무렵의 일이었다.

저녁 무렵, 외출했다 돌아온 내가 회사 안에서 가장 안쪽에 있는 영업촉진부 사무실로 들어가자, 창가의 자기 자리에서 멀리 떨어진 여자 사원의 책상에 걸터앉아 우두커니 사무실 구석을 바라보고 있는 고타니의 모습이 보였다. 사무실에는 그 이외에 아무도 없었다. 어수선한 사무실 가득 여름 끝물의 강한 석양이 자욱하니 고타니의 넓은 어깨나 등에 가닿고 있었다. 차양용의 블라인드는 웬일인지 활짝 열려 있어 도움이 되지 않았다. 나는 블라인드를 내리려고 창가로 걸어갔다. 일부러 발소리를 크게 냈다고 생각했는데도 고타니는 내가 들어온 것을 알아차리지 못했다. 고타니는 미동도 하지 않고 가만히 사무실 구석에 시선을 주고 있었다. 나는 말을 걸려고 하다가 그만두었다. 옹색한 사무실에 충만한 열기와 냉방 바람에 날아오르는 무수한 먼지도 그저 고타니를 에워싼 채 죽은 듯이 조용했다. 잠시 후 고타니는 문득 인기척을 느낀 듯 천천히 돌아보았다. 나를 보자 아무 일도 없었던 것처럼 자기 자리로 돌아갔다. 잠자코 블라인드를 내리고, 그러고 나서 평소보다 좀 더 거만한 어조로,

"언제까지 허물없이 사귀는 친구로 있을 생각인 거야?"

하고 나에게 물었다. 나는 그 말의 의미를 물었다.

"S사 사람들 말이야. 거기까지 진행됐으면 그다음에는 또 다른 수를 써야지. 상대방 말대로 하는 어린애 같은 심부름꾼 노릇만 하고 있을 거냐고."

"……예."

"예가 뭐야. 뭐든지 때라는 게 있는 거야. 그것을 놓치면 나중에는 어떤 대책을 세워도 안 되는 거라고."

고타니는 내가 작성한 판매전략서를 일일이 빨갛게 정정하고는 거침없이 척척 지시를 내렸다. 그것은 그 사람 특유의 악랄함과 날카로움을 가지고 있었다. 나는 강한 반발심을 느꼈다. 만약 고타니의 지시대로 일이 진행되면 내가 지금까지 해온 분투도 결국 그의 공으로 돌아가 버릴 것 같았다.

"이것 봐, 이번 일은 무슨 일이 있어도 성사시킬 거야. 반드시."

반드시, 라고 강하게 단언한 순간, 뒤쪽으로 넘겨져 있던 고타니의 짙은 머리카락 한 가닥이 이마 쪽으로 흐트러진 채 넘어왔다. 그때 내 가슴에는 조금 전에 본 고타니의 모습이 선명한 영상이 되어 되살아났다.

한참 지나고 나서,

"아까 무슨 생각을 했습니까?"

하고 나는 물어보았다. 고타니는 힐끗 눈만으로 나를 보고 너무나도 귀찮다는 듯이 책상 위를 정리하기 시작했다.

"S사 일입니까?"

"……아니, 아무것도 아냐."

그리고 고타니는 뜻밖에도 환하게 웃는 얼굴로 나를 보았다. 그것은 한 번도 보여준 적이 없는, 순수한, 뭔가 잘못을 들킨 어린아이처럼 웃는 얼굴이었다. 나도 무심코 같이 웃어 보이고는,

"뭔가, ……수상한데요."

하고 말했다. 그러자 고타니의 눈초리에 묘한 쓸쓸함이 떠돌았고 여느 때보다 딱딱하게 어깨를 으쓱거리며 빠른 걸음으로 사무실을 나갔다. 난잡하게 쌓여 있는 서류나 시방서, 그 밖에 다른 자료의 산더미 뒤에서 어깨와 등에 강한 석양을 받으며 혼자 맥없이 고개를 숙이고 있던 고타니의 작은 뒷모습은 내 안에서 사라지지 않았다. 생각해보면 직업상의 교제만 있었을 뿐, 나는 고타니의 가정이나 그 사람 자체에 대해 아무것도 모르고 있었다. 그런 생각이 언제까지고 따라다녔다. 고타니에 대해 아무것도 알지 못한다는 그 한 점이 그에

대한 분노나 불만을, 그 후 늘 아슬아슬한 고비에서 제지해주었다.

열차는 마침 심하게 삐걱거리는 소리를 내며 누워 있는 내 몸을 흔들었다. 그때마다 나는 눈을 뜨고 몸을 뒤치며 자세를 바로잡았다. 난방으로 차내는 점점 더워졌고 단속적으로 심하게 옆으로 흔들려 도저히 잠을 잘 수 있는 상황이 아닌 것 같았다. 건널목이 많은 지점을 통과하는 듯 경적소리가 몇 번이고 가까워졌다가 멀어져갔다. 통로를 지나가는 누군가의 발소리가 귀에 거슬려 나는 커튼을 열고 일어나 침대에 걸터앉은 채 담배를 피웠다. 그때 울음소리가 들려왔다.

그것은 확실히 울음소리였다. 닫힌 칸막이 커튼 너머에서 노인이 울고 있었다. 나는 놀라 가만히 귀를 기울였다. 열차의 진동이나 어딘가에서 흘러 들어오는 희미한 목소리에 섞여 숨죽여 우는 노인의 울음소리는 언제까지고 계속되었다. 통절한, 도저히 견딜 수 없는 슬픔을 느끼게 하는 낮고 긴 울음소리였다.

열차가 멈췄다. 나는 머리맡의 커튼을 열고 역 이름을 보았다. 도요하시였다. 시계를 보니 세 시 반이 조금 지나 있었다. 한밤중에도 역시 열차에 타는 사람은 있는 듯, 통로를 걸어가는 두세 명의 발소리가 들리고 곧 열차는 달리기 시작했다. 잠깐이라도 자두어야 한다. 나는 다시 한 번 침대에 똑바로 누워 이불을 푹 뒤집어쓰고 눈을 감았지만, 어쩐지 옆의 노인이 마음에 걸려 견딜 수가 없었다. 자려고 하는 마음 어딘가에 노인의 동정을 살피려는 쓸데없는 신경이 작동하여 머리가 점점 더 맑아졌다.

일단 멈춘 것으로 생각되었던 울음소리가 잠시 뒤 다시 커튼 너머로 새나왔다. 노인은 그저 울고만 있었다. 나는 말을 거는 것도 꺼려져 그대로 귀를 기울이고만 있었다.

이십몇 년 전, 초등학교 3학년이었던 나는 오사카의 나카노시마 서쪽 끝에 있는 후나쓰바시에 살고 있었다. 집은 바로 도사보리 강가에 있었는데 집 뒤쪽의 창문 아래는 바로 깊은 강이었다. 같은 반에 가쓰노리라는 친구가 있었다. 집도 가까웠으므로 자주 오가며 놀았다. 어느 해 여름 정오 가까운 시간에 가쓰노리는 우리 집으로 놀러와 자기 할아버지가 사준 모형 배를 함께 조립하자고 했다. 가쓰노리는 부모님이 없었다. 돌아가셨는지 아니면 다른 사정이 있는지 우리는 아무도 그 이유를 몰랐다. 할아버지가 가쓰노리를 자기 자식처럼 키우고 있었다.

우리는 창고로 쓰고 있는 다다미방으로 들어가 공구함에서 송곳이나 철사나 칼 등을 찾아내 배를 조립하기 시작했다. 가쓰노리의 할아버지는 개업 의사였다. 우리 집에서 걸어 이삼 분이면 가는 곳에서 내과병원을 운영하고 있었다. 유복한 집의 이른바 독자인 셈이었으므로 갖고 싶은 것은 뭐든지 사주는 듯, 가쓰노리는 내가 아무리 부모님에게 졸라도 손에 넣을 수 없는 비싼 장난감을 차례차례 가져와서 우리를 부럽게 했다.

우리가 놀고 있던 창고는 강에 면해 있었다. 판자벽 한쪽에 여닫이문이 달려 있었다. 무엇을 위한 문이었는지는 잊어버렸지만 아래는 바로 강이었으므로 위험을 방지하기 위해 손잡이를 철사로 동여매 놓고 있었다. 그런데 그날만은 철사가 풀려 있었다. 나중에서야 아버지가 환기를 위해 열어놓고는 철사로 동여매는 것을 잊어먹었다는 사실을 알았다. 그런데 우리는 그걸 모르고 있었다. 가쓰노리는 평소와 마찬가지로 여닫이문에 등을 기댔고 그대로 풍덩 강으로 떨어졌다. 별안간 문 너머로 사라진 가쓰노리를 찾아 나는 강을 내다보았다. 가쓰노리는 도사보리 강 수면에 하늘을 보는 자세로 떠 있었다. 인형처럼 꼼짝도 하지 않고 두둥실 떠 있었다. 그리고 그 자세로 내 얼굴을 보았다. 나는 큰 소리로 어머니를 부른 다음 강가를 보았다. 공교롭게도 통통배는 지나가지 않았지만 붉은 훈도시+ 하나만 걸치고 작은 배를 젓고 있는 낯선 남자의 모습이 보였다.

"아저씨, 도와주세요! 저 애가 강에 빠졌어요!"

나는 다급하게 소리를 지르며 바로 아래쪽 강의 수면을 가리켰다. 그 목소리에 그 남자는 의아하다는 표정으로 손으로 가리킨 지점을 살펴보고 가까스로 거기에 떠 있는 아이의 모습을 확인했다. 그는 서둘러 배의 방향을 바꿔 솜씨 있게 노를 저어 가쓰노리에게 다가갔다. 달려온 어머니는 창으로 얼굴을 내밀고 창백해진 가쓰노리를 보고 있었다. 그리고 외쳤다.

"움직이면 안 된다. 그대로 가만히 있어야 돼."

작은 배가 가쓰노리 옆으로 다가갈 때까지의 시간은 아주 길게 느껴졌다. 다만 신기하게도 그 아이는 가라앉지 않았다. 가쓰노리가 떠 있는 지점만이 마치 물이 아닌 것처럼 보였다.

+ 남성의 음부를 싸서 가리는 폭이 좁고 긴 천.

강물이 눈에 들어가는지 가끔씩 얼굴을 좌우로 흔들었는데 몸만은 막대처럼 움직이지 않았다.

가까스로 다가간 붉은 훈도시의 사내는 한 손으로 가쓰노리의 팔을 잡아 작은 배 위로 끌어올렸다. 가쓰노리는 눈을 살짝 뜨고 있었으나 거의 의식이 없는 듯 우리가 부르는 소리에는 아무런 반응도 보이지 않았다. 물도 전혀 먹지 않았고 호흡도 맥박도 정상이었지만, 죽은 사람처럼 새파란 얼굴은 언제까지고 혈색이 돌아오지 않았다. 소식을 듣고 그 애의 할아버지가 달려왔다. 커다란 수건으로 감싸고 일단은 자신의 병원으로 데려가 응급처치를 했다. 가쓰노리가 제정신을 찾은 것은 저녁 무렵이었다. 그는 강에 떨어졌을 때 놀람과 공포로 일종의 실신 상태에 빠져 있었다. 그것이 그에게는 다행스러운 일이었다. 만약 조금이라도 허우적거리거나 발버둥을 쳤다면 가쓰노리는 순식간에 강물 속에 잠겨버렸을 것이다. 죽은 것이나 마찬가지였기에 그는 자신의 목숨을 구한 것이다.

분명히 사고는 우리 집의 과실이었다. 아버지와 어머니는 몇 번이고 가쓰노리의 할아버지에게 용서를 빌었다. 그러나 그 길로 가쓰노리는 우리 집에 놀러 오지 않게 되었다. 학교에서 만나도 어색해했고 통 말을 하지 않았다. 그래서 우리는 그대로 사이가 멀어져 중학교도 고등학교도 같은 학교에 다녔으면서도 결코 어울리지 않는 사이로 학창 시절을 보냈다.

가쓰노리가 달리는 기차에서 떨어져 죽은 것은 그로부터 십몇 년이 지난 쇼와 40년(1965)의 일이었다. 당시 그는 의과대학 3학년으로 산악부에 속해 있었기 때문에 나는 가쓰노리가 죽었다는 것을 알고 틀림없이 산에서 조난사고를 당했을 것이라고만 생각했다. 그런데 그는 산악부 친구들과 겨울 호타카로 향하는 주오혼센中央本線 열차에서 떨어졌다. 어디서 어떻게 떨어졌는지 동행한 친구들도 전혀 몰랐다고 했다. 왜 그런 사고가 일어났는지 그 원인은 끝내 밝혀지지 않았지만, 가쓰노리의 장례식에 나는 두세 명의 친구와 함께 참석했다. 아직 현역 의사로서 정정하게 환자를 진료하고 있던 할아버지는 그날도 결코 흐트러지지 않은 자세로 무표정하게 앉아 있었다. 우리는 향을 올리고 총총히 그 자리를 떠났다.

그러고 나서 며칠 지난 토요일, 나는 감기에 걸려 열이 났다. 평소에는 다마가와초에 있는 병원에 갔지만 그곳은 오후부터 휴진이었다. 가쓰노리의 할아버지는 옛날부터 토요일 오후에도 진찰을 했다는 사실이 떠올랐고, 나는 어쩐지 주눅

이 들었지만 그 병원의 현관으로 들어섰다.

토요일 오후에도 진찰해주는 곳은 근처에서 그곳뿐이었기 때문인지 뜻밖에도 환자가 많아 나는 오랫동안 순서를 기다려야 했다. 예전에는 분명히 간호사가 있었던 것 같은데 모습이 보이지 않았다. 환자의 이름을 부르는, 들은 적이 있는 할아버지의 목소리가 휑한 대합실에 울려 퍼졌다.

할아버지는 내 얼굴을 보자,

"일전에는 바빴을 텐데 일부러 참석해줘서 고마웠네."

하고 정중하게 허리를 굽혔다.

"아니에요, 정말 뭐라 말씀드려야 좋을지……."

감기니까 따뜻하게 하고 편히 쉬도록 하라, 고 할아버지는 말했다. 내 뒤로는 기다리는 환자가 없었다.

"오늘은 이것으로 끝이군."

금일휴진이라는 팻말을 현관에 걸고 나서 할아버지는 옷을 입고 있는 나에게 돌아왔다.

"늘 건강해 보이시는군요."

"아냐, 이제는 늙었지. 환자가 많은 날은 아주 힘들어."

그리고 다음 달부터는 오전에만 진찰을 할 예정이라고 했다. 진찰실 안은 예전과 조금도 달라지지 않았다. 나무로 만든 갈색 진료 기록 카드함도, 진찰대의 위치도, 벽에 걸린 렘브란트의 그림도 옛날 그대로였다.

"연세가 어떻게 되시는데요?"

"음…… 이제 일흔여덟일세."

가쓰노리와 많이 닮은 가늘고 긴 눈이 웃고 있었다.

"자네한테는 여러 가지로 신세가 많았네."

"아뇨, 초등학교에 다닐 때는 정말 매일 같이 놀았습니다만……."

그리고 나는 그 사건 이후 두 사람 사이가 소원해지고 말았다는 사실을 이야기했다.

"아아, 분명히 그런 일이 있었지."

할아버지는 눈동자를 어딘가 먼 데로 향한 채 가만히 그때의 일을 떠올렸다.

"그래, 자네 집에서 놀다가 강에 빠졌지."

"그때 왜 물에 잠기지 않았는지, 가끔 그 생각이 나서 오싹할 때가 있습니다. 마침 근처에 작은 배를 타고 있는 사람이 있어서."

"붉은 훈도시 차림의."

"예, 그렇습니다."

"그 사람은 지금 와타나베바시 근처에서 보험 대리점을 하고 있을 거네. 그 무렵에는 주오 시장에서 일하고 있었지. ……죽을 뻔한 사람은 장수한다는 이야기가 있는데, 그 애는 그렇지도 않았군."

그렇게 말하고 하얀 진찰복을 벗어 무릎 위에서 천천히 갰다. 그러고 나서 누구에게랄 것도 없이 중얼거렸다.

"아버지의 정도, 어머니의 정도 모르고, 참 불쌍한 아이였지. 그때 죽었더라면 좋았을지도 모르지."

나는 잠자코 있었다. 어떤 말도 떠오르지 않았다. 그때 도사보리 강에 둥실둥실 떠서 기적적으로 목숨을 구한 가쓰노리에게, 그 후 주오혼센 열차에 탔을 때까지의 그 십몇 년은 대체 무엇이었을까, 하고 나는 멍하니 생각하고 있었다.

할아버지는 달이 바뀌자 곧 병원 문을 닫았다. 출신지인 야마구치 현으로 돌아갔다는 소문을 들었지만, 정말인지 어떤지는 알지 못하고 말았다.

쿵 하고 큰 소리를 내며 열차가 멈췄다. 신호를 기다리는 듯 한동안 움직이지 않았다. 노인의 울음소리는 어느새 그쳐 있었다. 나는 커튼 쪽으로 등을 돌리고 아무것도 생각하지 않으려고 애를 썼다. 다시 열차가 움직이기 시작하고, 나는 불규칙한 율동에 몸을 맡겼다. 노인의 울음소리가 끝난 것으로 일단락된 듯, 나를 둘러싸고 있는 모든 소리가 사라졌다. 이상한 안도감이 들었다. 잠깐 자고 난 것 같았다. 아주 짧은 시간이었던 것 같은데, 눈을 뜨자 이른 아침의 눈부신 햇살이 유리창을 통과해 차 안에 흘러넘치고 있었다.

나는 커튼을 열고 고개를 좌우로 흔들어보았다. 수면 부족 때문에 몽롱한 감각은 한동안 깨어나지 않았다. 노인의 침대는 비어 있었고 구깃구깃해진 시트 위에 모포가 말끔하게 개켜 있었다. 밤이 이슥한 어딘가의 역에서 내린 듯 통로에도 그 단정한 모습은 보이지 않았다. 나는 몸단장을 하고 세면소로 갔고, 이쪽저쪽으로 흔들려 옷가슴이나 바지를 흠뻑 적시면서 이를 닦고 세수를 했다. 부자연스러운 자세로 잤기 때문인지 온몸의 마디마디가 쑤셨다.

내가 자리로 돌아오자마자 열차는 누마즈 역에 멈췄다. 역 도시락을 파는 남자들의 목소리나 통학하는 여학생들의 목소리가 거대한 소리의 덩어리가 되어 날아들었다. 나는 역 도시락과 차를 사서 노인이 있던 침대에 걸터앉아 창가에 기댄 채 지방 도시의 아침을 골똘히 바라보았다. 종종걸음으로 흘러가는 사람들의 입가에서 하얀 김이 흘러나오고 있었다.

몇 개의 터널을 지나자 아타미의 바다가 보였다. 나는 바다 한가운데에 모여 있는 아침 해의 조각을 바라보면서 도시락을 먹었다. 식욕은 없었지만 아무 생각도 하지 않고 꾸역꾸역 먹기만 했다. 유리창에 자신의 옆얼굴이 어렴풋이 반사되었다. 그것은 아침 해에 가로막혀 비쳤다가 사라졌다 했다. 나는 도시락을 다 먹고 가방에서 서류가 담긴 종이봉투를 꺼냈다. 하나의 일을 끝낸 기쁨이 느닷없이 나른한 내 몸 안을 달려 빠져나갔다. 이른 아침부터 골프하러 간다고 말했던 고타니는 벌써 떠났을까, 하고 나는 생각했다.

| 옮긴이의 말 |

나이가 들면서 우연이 삶을 지배한다는 믿음이 짙어간다.

나이가 든다는 것은 뭔가를 잃어버리는 일의 연속이다. 그 뭔가는 늘 모호하다. 그러니 말끔하게 정리된 이야기에서는 거짓의 냄새가 난다. 거짓은 잃어버린 그 모호한 것에서 기인하는 외로움과 불안에서 온다. 그 외로움과 불안 역시 모호하니 거짓말이라도 해서 살아야 한다. 살아가려면 그 거짓을 포기할 수가 없는 것이다. 미야모토 테루의 『환상의 빛』은 그 뭔가를 잃어버린 외로움과 불안, 그리고 살아가기 위한 거짓말 사이에 자리한다. 뭔가를 기억한다는 것은 살아가기 위한 거짓말일 수밖에 없는 것인지도 모른다.

미야모토 테루는, 빗속에 잠깐 들른 서점에서 모 유명작가의 단편소설을 읽고 너무 재미있어서 이것으로 먹고살 수 있다면, 하고 다니던 광고회사를 그만두고 소설을 쓰기 시작했다고 한다. 「흙탕물 강」으로 다자이 오사무상을, 「반딧불 강」으로 아쿠타가와상을, 『우준優駿』으로 요시카와 에이지상을 수상했으며 그의 장편소설은 대부분 영화로 만들어졌다. 물론 이 작품집의 중편 「환상의 빛」도 고레에다 히로카즈 감독에 의해 같은 제목의 영화로 만들어져, 1995년 베니스영화제에서 최우수감독상을 받았다.

소설집 『환상의 빛』은 표제작인 「환상의 빛」과 「밤 벚꽃」, 「박쥐」, 「침대차」, 이렇게 네 편의 중단편을 수록하고 있다. 가난한 신혼부부의 소박한 첫날밤과 오래전에 이혼하고 아들마저 잃은 중년 여성의 슬픔과 희망이 밤 벚꽃 속에서 아름답게 그려지는 「밤 벚꽃」, 중학교 때의 친구가 죽었다는 소식을 듣고 박쥐가 어지럽게 날던 그 뜨거운 여름날에 보았던 여자아이의 표정을 떠올리며 현재의 불륜 상대에게서 그 표정을 읽어내는 「박쥐」, 밤 침대차에서 들려온 할아버지의 울음소리를 통해 어렸을 때 자기 집에서 같이 놀다 익사할 뻔한 친구가 대학생이 되어 기차에서 떨어져 죽은 일을 떠올리고 죽음의 의미를 생각하는 샐러리맨의 바쁜 하루를 그린 「침대차」.

이 네 편의 작품에는 모두 뭔가를 잃어버린 인물들이 등장한다. 그들이 잃어버린 것은 주로 '죽음' 또는 '자살'과 관련된 어떤 것이다. 남편의 자살(「환상의 빛」), 아들의 죽음(「밤 벚꽃」), 그다지 친하지 않았던 중학교 때 친구의 죽음(「박쥐」), 친구 또는 손자의 죽음(「침대차」) 등이 각 작품에 묵직하게 깔려 있다. 그러나 그들이 잃어버린 것은 여전히 모호한 채 남아 있다.

이 작품집에 실려 있는 「밤 벚꽃」, 「박쥐」, 「침대차」도 재미있지만, 역시 이 작품집의 강렬한 인상을 결정하는 작품은 표제작인 「환상의 빛」이다.

며칠 전 도서관에서 어렵사리 DVD로 나와 있는 영화 <환상의 빛>을 찾아 봤다. 오래전의 흑백 사진에 이것저것 색을 입힌 듯한, 특히 늘 멀리서 등진 자세로만 정지되어 있던 흑백 사진 속의 유미코가 갑자기 등을 돌려 이쪽을 보며 움직이기 시작하는 듯한 느낌이었다. 즉 풍경(이러저러한 소리)만이 도드라져 보였던 흑백 사진 같은 원작에서 이러저러한 인물들이 하나씩의 색을 얻어 꿈틀거리기 시작한 느낌이었다. 영화는 영화대로 좋았다.

그래도 나에게는 원작이 주는 분위기의 힘이 훨씬 더 강렬하다. 김승옥의 「무진기행」처럼 줄거리보다는 분위기가 모든 것을 말해주는 소설이 있다. 무진의 안개처럼 「환상의 빛」에는 물고기 떼가 비늘을 드러내며 팔딱이듯 반짝이는 잔잔한 바다와 거친 파도소리, 음울한 해명, 쌓일 새도 없이 황량한 어촌에 흩날리는 눈바람 속에 주절거리는 멍한 중얼거림이 있다. 지금 영화의 영상보다 강렬하게 남아 있는 소설 속의 몇몇 장면이 떠오른다. 고향으로 돌아가 죽고 싶다며 한여름 뙤약볕이 내리쬐는 길로 나선 노망 든 할머니, 초경을 맞이한 날 냉방이 잘되는 파친코 가게 문 사이로 흘러나오는 냉기를 맞고 서 있는 어린 유미코, 달려오는 기차에도 아랑곳하지 않고 선로 한가운데를 걸어가는 유미코의 전 남편의 뒷모습, 넘실거리며 닥쳐오는 거친 파도를 바라보며 버려진 어선에 기대어 오열하는 유미코 등등.

「환상의 빛」은 유미코의 "당신은 왜 그날 밤 치일 줄 뻔히 알면서 한신 전차 철로 위를 터벅터벅 걸어갔을까요"라는 중얼거림으로 시종한다. 새 남편은 "사람은 혼이 빠져나가면 죽고 싶어지는 법이야"라고 말하고, 유미코도 사람의 혼을 빼가는 병이 있다고 생각한다. 그런 병에 걸린 사람은 소소기 바다의 그 한순간의 잔물결이 비할 데 없이 아름다운 것으로 비칠지도 모른다는 것이다.

아무리 가까운 사람이라도 그 사람을 온전히 이해하는 것은 불가능하다. 그 사람은 자신이 보는 그 사람일 뿐이다. 그가 자살한 이유 또한 알 수 없다. 그녀는 끊임없이 그가 자살한 이유를 이해해보려고 하지만 끝내 그 이유를 찾아내지는 못할 것이다. 자살할 만한 이유는 살아남은 사람이 스스로가 납득하기 위해 만들어내는 것일 뿐이다. 그렇게 하지 못하면 그를 온전히 보내지 못하기 때문이다. 유미코 또한 그를 보내기 위해 납득할 만한 이유를 찾으려 하나 끝내 찾지 못한다. 유미코가 어렴풋이 찾아낸 것은, 위에서 말한 '사람의 혼을 빼가는 병'이다. 그 병에 걸린 사람의 마음에는 바람과 해님이 섞이며 갑자기 빛나기 시작하는 잔잔한 바다가 비할 데 없이 아름답게 비칠 것이고 "어쩌면 당신도 그날 밤 레일 저편에서 그것과 비슷한 빛을 봤는지도 모르겠"다고, 유미코는 생각한다. 이 작품의 제목이기도 한 '환상의 빛'이다.

옮긴이 송태욱

연세대학교 국어국문학과를 졸업하고 같은 대학교 대학원에서 문학박사 학위를 받았다. 도쿄외국어대학 연구원을 지냈으며, 현재 연세대에서 강의하면서 전문 번역가로 활동하고 있다. 지은 책으로《르네상스인 김승옥》(공저)이 있고,《금수》를 비롯해《눈의 황홀》《잘라라, 기도하는 그 손을》《살아야 하는 이유》《사명과 영혼의 경계》《세설》(상·하)《나는 고양이로소이다》등 다수의 책을 우리말로 옮겼다.

환상의 빛

초판 1쇄 발행 2014년 12월 15일
초판 9쇄 발행 2023년 11월 15일

지은이 미야모토 테루
옮긴이 송태욱
디자인 최선영 · 장혜림

펴낸곳 (주)바다출판사
주소 서울시 종로구 자하문로 287
전화 02 - 322 - 3885(편집) 02 - 322 - 3575(마케팅)
팩스 02 - 322 - 3858
이메일 badabooks@daum.net
홈페이지 www.badabooks.co.kr

ISBN 978-89-5561-741-2 03830